LUTZ–RÜDIGER SCHÖNING

PIAZZA APERTO
SCHNURREN, SCHNIPSEL, STALAGMITEN

AF191469

Impressum

Alle Rechte liegen beim Autor
Herstellung und Verlag: Books on Demand GmbH, Norderstedt
Titelgestaltung und Satz: Andreas Lenz
ISBN: 3–8334–0976-2
1. Auflage 2004

LUTZ-RÜDIGER SCHÖNING

PIAZZA APERTO
SCHNURREN, SCHNIPSEL, STALAGMITEN

DINGLISCH 4 JU

Auch wenn es schwerfällt das zu glauben: Die Sprache ist immer noch ein ganz gutes Mittel, um sich zu verständigen, national wie international. Das Nationale gibt uns die Mutter mit, das Internationale besorgen wir selbst. Es ist relativ einfach.

Eine amerikanische Kabarettistin macht es uns vor. Wir müssen nur unsere Alltagssprache mit englischen Brocken aufrüsten und schon sind wir zweisprachig gebildet. Und können uns fast auf dem gesamten Erdenrund verständlich machen.

Die preiswerteste Volkshochschule dafür findet sich heute außerhalb des Bildungssystems in jeder buckligen Kleinstadt. Auf der Straße sozusagen. Haltet die Augen auf, lest und versucht zu übersetzen, was ihr vorfindet. Wer Schwierigkeiten bekommt, nimmt die eigenen Kinder als Dolmetscher in Anspruch. Die wachsen nämlich schon heute dreisprachig auf: Ein wenig Deutsch, ein bisschen Englisch und das Ganze kombiniert mit der allgegenwärtigen Jugendsprache, für die es sogar schon Nachschlagewerke geben soll.

Was ist eine Fußhupe? Ein kleiner Hund!

In einer einzigen Straße unseres Städtchens finden sich hintereinander ein Cut & Care Saloon, ein Travel-Bureau, ein Hairdresser, ein Beautystudio, ein Back-Shop, ein Fitness-Center mit Pool, Indoorskating and Freeclimbing, ein Copy-Shop, ein Factory-Outlet-Center, eine Cleenothek. Ganz am Ende der Straße der Second-hand-shop, hinter dem meat-and-bread-center. Ein Fleischer, der auch Brötchen verkauft. Also im Volksmund eine Bulettenschmiede. Immerhin spricht das Personal ein leidliches Deutsch.

Im Fernsehen treiben sie es noch bunter. Eine angehende Sängerin erzählt von einem audition casting, dessen results sie jetzt watching sei. Wenn das nicht possible ist, wird sie sich outsourcen und andere Event-Manager connecten um zu performen. Ohne

Dolmetscher schon nicht mehr zu verstehen.

Was tun, wenn auch noch eine der vielen deutschen Mundarten dazu kommt?

An einer Bushaltestelle südwestlich von Potsdam unterhalten sich zwei ältere Herren.

"Die olle Melle wachst un wachst. Ick denke, damit es eene Plare wird dis Joar", teilt der eine seine gärtnerischen Beobachtungen mit.

Der andere nickt beifällig. Dann erkundigt er sich neugierig: "Hat deine Enklin eijentlich schon en festen Freund?"

"Haben hat se noch keen, aber kriejen tun denkt se, dasse een wird."

Ein gut gekleideter offenkundiger Ausländer fragt an, ob einer der Herren deutsch spräche, er hätte da eine Frage nach dem Weg...

Im Radio lassen sie zum Spaß eine echte Bayerin im Brandenburgischen anrufen. Die Angerufene verzweifelt schon nach wenigen Minuten. Ich kann sie doch nicht verstehen, können Sie nicht deutsch mit mir reden?

Ja, wo kommen wir denn dahin, wenn im eigenen Land die sprachlichen Möglichkeiten zur Vervollständigung der Bildung und zum gegenseitigen Verständnis nicht genutzt werden? Wir wollen sein ein einzig Volk von Brüdern, lässt Schiller im "Wilhelm Tell" schwören. Geht uns nichts an, sagen die Deutschen, damit waren die Eidgenossen gemeint.

Ein Gespenst geht um im Alten Europa. Nicht genug, dass es außer dem Jugendslang keine einheitliche europäische Sprache gibt, kommt jetzt auch noch die Osterweiterung ins Spiel.

In den neuen Ländern wird sich vielleicht der eine oder die andere erinnern, mal etwas in einer slawischen Sprache gelernt zu haben. Spassibo, dosswidanja, Drushba und sto Gramm. Nützliches Insider-Wissen. Da können die in den gebrauchten Bundesländern natürlich nur staunen. Oder darauf hoffen, dass sich das

Sprachkauderwelsch auch dort ausbreitet, wo die neuen Märkte vermutet werden.

Die Weisheit altmodischer Sprachlehrer hingegen lautet:

Man kann nur dann eine Fremdsprache erlernen, wenn man die eigene Muttersprache halbwegs beherrscht.

In Wort und Schrift.

Ohne Dolmetscher.

DAS SERVICE

Postwurfsendungen ist ein sehr mildes und schönes Wort für den Sondermüll, den die Werbung erzeugt. In jeder Zeitung, und sei sie auch noch so klein und unbedeutend, stecken drei oder mehr Hochglanzprospekte für irgendwas. Um Beachtung wird gebeten. Das Papier ist natürlich umweltverträglich hergestellt. Und die Kommune freut sich über das Aufkommen von Altpapier, das sich bestimmt eines Tages kostenpflichtig entsorgen lässt.

In einem auf diese Weise ins Haus geschneiten Farbdruck ist ein Essservice – an die drei hintereinander folgenden Konsonanten kann sich ein altmodischer Mensch nicht gewöhnen, aber man will ja mit der Zeit gehen – ein Essservice also abgebildet, das einem irgendwie bekannt vorkommt. Eine Firma aus Thüringen, im vorigen Leben ein Synonym für schwer erreichbare Bückware, annonciert ihre traditionellen Erzeugnisse aus einer gräflichen Manufaktur, die auch längst nicht mehr alles mit der Hand macht. Aber es gibt sie noch, sieh mal an!

Man erinnert sich an frühere Zeiten. So hochfeines Porzellan war für den Export bestimmt. Oder für volkstümliche Paläste, im Volksmund Renommierschuppen genannt. Erichs Lampenladen an der Spree zum Beispiel. Der Pallazzo prozzo. Gebaut für die Ewigkeit, verkleidet mit feuerfesten Materialien, die leider, so stellte es sich heraus, ein bisschen gesundheitsgefährdend sind. Also weg damit im Namen der Volksgesundheit, die uns eh schon so teuer kommt. Kostspielig wird auch der Abriss des Gebäudes werden. Diese Vokabel ist nichts für sensible Gemüter. Und deshalb nennt man das Verfahren einfach Rückbau. Abriss hört sich nach Vandalismus an, staatlich sanktioniert sozusagen. Rückbau ist plausibler für den in Anspruch genommenen Steuerzahler. Kann er sich zwar nichts drunter vorstellen, weiß aber gleich: das wird teuer! Mentale Vorbereitung der Akzeptanz wachsender Staatsschulden. Der knickrige Bürger neigt, wenn er ein gutes Gedächtnis hat, zur Renitenz und fragt sich, was eigentlich beim Verkauf der Innereien des Palastes herausgekommen sei. Allein das schöne Porzellan. Aus der Thüringischen Handarbeitsfabrik. Das war doch dunnemals so schwer zu bekommen. Entweder man kannte jemand, der in der Gegend der Zeissstadt – schon wieder diese Zischlaute! – zu Hause war oder aber man hatte in der Nähe des Wohnortes ein Russenmagazin. Das war im Grunde ein Kolonialwarenladen, ein Geheimtip, eine Quelle für Dauerwurst und Schmalzfleisch in Konserven, Thunfisch aus Kamtschatka, Kaviar, also wirklich echten Kaviar, rot oder schwarz; Klamotten, Schuhe und Lederwaren. Und manchmal auch Porzellan aus der einheimischen Produktion. Selbst für die Freunde aus dem Großen Land war das eine Rarität. Und der Quell großer Freude, wenn man ihnen dabei behilflich sein konnte, dergleichen zu erwerben.

Da kam zum Beispiel also eine Spezialistenbrigade ins Land und reparierte, na sagen wir mal, stinkgeheimes Militärgerät. So geheim, das man erst in den westlichen Veröffentlichungen nachlesen musste, wie effektiv das Zeug war und welche Konstruktionsdetails als epochal galten. Die Zehn-Mann-Brigade blieb in der Regel vier Wochen, kam aus allen Teilrepubliken des damals noch größten Fünftels der sozialistischen Weltregion, und hatte selbstverständlich den privaten Auftrag, sich mal umzutun beim Warenangebot im westlichsten Vorposten des Ostens. Zehn handfeste Burschen. Auf ihren Wunschzetteln standen zum Beispiel Nagellackfarben mit Perlmutteffekt, Büstenhalter mit und ohne Einlagen, Teppiche mit einem gestickten Rosenmotiv. Nicht zum Betreten, sondern als Wandschmuck gedacht, wie man staunend erfuhr. Zum Hängen also. Und beileibe kein Koffer, wie man aus der Wortähnlichkeit beim mühevollen Übersetzen angenommen hatte. Koffjor und nicht Tschemodan, mein Lieber. Was haben die ostdeutschen Volksbildner den Landeskindern eigentlich außer Dostoprimetschatelnosti an brauchbaren Vokabeln beigebracht, diese brüderlich verbündeten Deutschen. Wie will man mit solchen Bildungslücken Lagerleiter werden im Weltfriedenslager. Den Tatsachen ins Auge blickend, mussten sich die Spezialisten behelfen. Also verständigte man sich mit dem zugeteilten Betreuer aus der GDR, diesem Sapad-Wostotschnik, unter Umständen auch mal mit Handzeichen. Sehr wirkungsvoll beim Einkauf von Büstenhaltern, wie man sich denken kann. Man verzieh dem Begleiter sogar, dass der sich noch gar nicht auskannte mit den neuen Größen und immer zu etwas von eins bis fünf schwafelte, wo doch weltweit schon zweistellige Korbgrößen eingeführt waren. Na pusk ladno, er sollte mal die einschlägigen Geschäfte suchen, alles andere verlief mit internationaler Verständigung. Oder mit Hilfe einer Verkäuferin, die vergleichbare Maße aufwies. Das klappte hervorragend im Lande von Einstein und Goethe. Wenn auch die Beschaffungsfahrt manchmal sehr ausgedehnt von Nord nach Süd verlief. Den Wandteppich zum Exempel gab es in Weimar. Nagellack hingegen nicht. Vielleicht in Rostock? Fehlanzeige, da war er ausverkauft. Aber in Warnemünde, so erfuhr man, gab es so einen kleinen Laden...

Habt ihr nun alles, Towarischtschi? Nicht ganz. Und wenn es denn möglich wäre, würde man gern noch so ein Kaffeeservice kaufen, für sechs Personen, aus Thüringen, handgefertigt von diesem Grafen. Perlmuttfarben, mit kleinen Heiligenbildchen auf dem Tassen- und Tellergrund.

Heiligenbildchen? Seid ihr sicher?

Ja, ja, diese Bildchen mit den Engeln.

Engel, bei uns in der sozialistischen Produktion?

Nun ja, Engelchen eben.

Wo zum Teufel bekommt man ein Kaffeeservice in der gewünschten Ausführung? Vielleicht in der bekannten, schon zu Kaiserzeiten genutzten, Schießplatzgarnison? Die haben doch da eine ganze Anzahl der Russenmagazine. Und die wiederum werden sich doch wohl auskennen mit solchen Wünschen ihrer Landsleute. Kannten sie sich auch. Nur war hier das Gewünschte ebenfalls die ach so beliebte Bückware. Man brauchte in diesem Fall sogar einen Bezugsschein. Wozu war man gelernter DDR-Bürger, wenn man die Wege zu einem solchen Wunderzettel nicht ebnen konnte. Also wurde eine Stelle erkundet, ein Versorgungsgewaltiger ausgemacht, der eben so einen Propusk ausstellen konnte, im wahrsten Sinne des Wortes einen Wegbereiter zum gewünschten Produkt. Aber nur eins, bitte. Nicht mehr! Was? Ein Service? Was sollen denn zehn Mann mit einem Service? Das gibt doch nur Stress. Ach woher, gibt es nicht, ein Service reicht. Für alle? Ja, ja, reicht, bestätigten auch die Spezialisten.

Wie soll das denn gehen?

Sagen wir dir schon noch, führe uns nur erst mal in das Magazinlager.

Alles lief wie am Schnürchen. Das Lager war besetzt, der Zettel zeigte die erwartete Wirkung, das Service befand sich in wetterfesten Kartons. Einer wurde geöffnet, Tassen kamen zum Vorschein, feinstes Porzellan mit perlmuttfarbigem Schimmer. Und, wahrhaftig, mit kleinen Bildchen auf dem Tassengrund. Was war denn das? Heiligenbilder?? Das sah doch ganz anders aus. Die Brille raus und selbst geschaut. Engel? Keinesfalls. Eher ganz splitterfaserblanke kleine Nackedeis. Die Details mehr zu ahnen, als zu sehen. Aber vorhanden.

Und das ist das Richtige?

Konjeschno, genau das. So eine Art Kunst gibt es bei uns im Großen Land leider nicht, nur bei euch westlich verderbten Ferkeln. Ihr produziert so einen Schweinkram, bei euch gibt es ja sogar eine Zeitung, "Magazin" genannt, mit einem Aktbild pro Monat. Wir sind auf diese bildliche Darstellung eigentlich nicht angewiesen, aber wir schauen eben gern mal, was es so gibt.

Ja, aber ihr habt doch jetzt nur dieses eine Service...

Kein Problem, das wird unter uns aufgeteilt. Jeder bekommt etwas von den Teilen und das schenken wir dann zu Hause weiter in den Familien.

Aber das kann man doch dann gar nicht richtig benutzen.

Jasno, das kommt ja auch in die Vitrine oder auf ein Regal. Du glaubst nicht, wie viel Freude wir damit bereiten können! Hab herzlichen Dank für deine Mühe und lass uns heute abend auf den Erfolg mit einem guten Glas Wodka anstoßen...

Auf welche Ideen man kommt, wenn man diese Schwemme von Werbezettelchen richtig werten will, einfach unglaublich. Man müsste direkt mal jemanden fragen, ob das freizügig gestaltete Porzellan heute hinter Brest immer noch so ein Renner ist. Aber erstens kennt man ja keinen mehr aus dem Großen Land und zweitens sind die Russenmagazine auch nicht mehr da. Vielleicht eine Anregung für die Gründung einer Ich-AG im Zuge der Osterweiterung der Europäischen Werbegesellschaft. Aber womöglich ist man in dem großen Land inzwischen heute freizügiger, als wir es je waren.

BLAUE FLIESEN

In der Werbesendung preist ein Fachmann seine Dienste an. Sollte jemand die Absicht haben, sein Bad neu herzurichten, dann soll er sich unbedingt mit besagtem Fachmann in Verbindung setzen, bevor er unüberlegt einen Auftrag auslöst. Unbedingt, denn der Fachmann wolle vermeiden, dass der Herr Kunde oder die Frau Kundin zu tief ins Portemonnaie greifen müssten. Und das Lager des Fachmannes, also diese Fundgrube keramischer Glückseligkeit, sei so wohl gefüllt mit allen nur denkbaren Fliesensorten, dass einem schier die Augen übergehen möchten.

Woran denkt man bei dem Wort Fliesen?

An die Zustände im früheren Leben natürlich.

Erinnert Euch, so war es.

In der nach langem Warten endlich zugewiesenen Neubauwohnung – was heißt hier Platte, sie war mit sechsundsiebzig Quadratmetern und vier Zimmern von fürstlicher Größe – gab es eine Zentralheizung, die man zwar nicht so recht regulieren konnte, die aber mühelos an die siebenundzwanzig Grad Celsius erzielte. Und als unschätzbares Extra eine Nasszelle mit Wanne und Toilette. Innerhalb der Wohnung - was auch in größeren Städten nicht selbstverständlich war – wollte man nun gern einen Hauch von Luxus haben. Das fensterlose Bad sollte mit ein paar hübschen Kacheln individuell aufgeputzt werden. Kacheln bekam man, wenn man jemand kannte, der einen Bekannten bei der Baustoffversorgung hatte. Das war die Institution, vor der man sich abends mit seinem Trabbi, dem Anhänger der Marke "Klaufix" und einem Schlafsack versammelte, um morgens die Chance des Erwerbs spezieller Waren zu wahren. Das war nichts Besonderes. Man erinnere sich, dass man in ländlicher Gegend schon mal früh um fünf Uhr beim einzigen Fleischer weit und breit vorstellig, oder genauer gesagt anstellig, wurde, um den Aufschnitt für die eigenen Hochzeitsgäste zu besorgen.

Jetzt aber ging es um Kacheln für das Bad. Um Fliesen.

Und mit diesen Fliesen hatte es seine Bewandtnis. Sie sollten partout blau sein. Blaue Fliesen. Das Synonym schlechthin. Die Umschreibung für Westgeld. Als Ost-Pendant gab es die Alu-Chips! Spiel- oder Klimpergeld. Wer etwas anbot zu einem Preis Halbe-Halbe, der wollte mindestens die Hälfte des Wertes der Ware in Westgeld beglichen haben. Ganz Schlaue legten das aus, bezahlten die Hälfte in Bar, die andere Hälfte mit Scheck. Natürlich funktionierte das auch mit richtigen Fliesen. Irgendwann hatte man endlich das unscheinbare Kolli, das mit Draht umwundene Holzgestell, mit den Kacheln im Kofferraum und so konnte der zweite Akt folgen.

Der ging so. Im fast fertiggestellten Bad der zugewiesenen Neubauwohnung hockte ein Handwerker, ein so genannter Fliesenleger, und klebte die Fußbodenkacheln auf den Untergrund. Nach Augenmaß und Wasserwaage. Wobei das Augenmaß höher bewertet wurde durch den Spezialisten. Diesem Menschen näherte sich also der zukünftige Wohnungsinhaber in gebotener devoter Haltung und fing ein zunächst harmloses Gespräch an. Über Land und Leute und Umstände allgemeiner und spezieller Art. In dem Augenblick, wo sich der Fachmann sichtlich ermüdet fragte, was der Mensch da vor ihm nun eigentlich wolle, schaltete man flugs auf sein Anliegen.

Also, so ist das! Die Fliesen, die das Bad schöner und individueller gestalten würden, die hätte man zur Hand. Was fehle, sei der Fachmensch, sie zu verlegen. Es solle der finanzielle Schaden des Spezialisten nicht sein, wenn er vielleicht ein, zwei Stündchen an sein Tagewerk anhängen könnte, um das Gelass zu verschönen.

Was sagte daraufhin der Fliesenjongleur?

Er fragte. Wat soll ick mit det Jeld, Meesta? Ick hab 'en Jarten, da zieh ick Tomaten, wenn Se wissen, wat ick meene. Ick ha jar keene Zeit für Scharwerk. Dis müssen Se schon selba probiern. Könn Se wat lern!

Dabei blieb es. Man fand natürlich einen Ersatzmann, der zwar noch nie eine Fliese geklebt hatte, der aber trotzdem den lukrativen Auftrag übernahm. Das Ergebnis konnte sich sehen lassen. Über Jahre hatte man die Möglichkeit, sich über die schiefen Fugen zu ärgern und niemand war neidisch auf dieses künstlerisch gestaltete Refugium.

Was einem beim Studium der Werbeannoncen so alles durch den Kopf geht. Man müsste doch glatt einmal nachsehen gehen, ob man den Fliesenmenschen nicht vielleicht sogar kennt.

DER RECHENSCHIEBER

Der eiserne Vorhang ist weg, der kalte Krieg ist offiziellen Verlautbarungen zufolge zu Ende und trotzdem gibt es in militärischen Kreisen immer noch das eine oder andere Problem.

Das Problem betrifft die Verantwortlichen für die militärische Logistik aller Länder und Blöcke, ungeachtet der politischen Ausrichtung. Soldaten müssen transportiert werden, zu Wasser, zu Lande und in der Luft. Wasser und Luft sind relativ sicher und preiswert. Zu Lande geht nichts ohne Motorfahrzeuge. Martialische Kolosse, deren Motoren – in einer lange zurückliegenden Zeit, wo alles, aber auch alles eingedeutscht werden sollte und wo man auf Fremdworte zu verzichten hatte, nannte man die Motoren Zerknalltrieblinge, was sich aber nicht so richtig durchsetzte – deren Antriebe also sich dadurch auszeichnen, dass sie mörderisch saufen. Aber beim Militär, das weiß man, spielt dergleichen ja keine Rolle. Hauptsache, die Fahrzeuge laufen! Und das ist eben das Problem. Wo gehobelt wird, fallen natürlich Späne. Und beim Auto fahren geht öfter mal was in die Binsen. Nun kann man, wenn man genug Fahrzeuge einer bestimmten Sorte hat, durchaus auf die Idee kommen, aus zweien mal eben fix eins zu machen. Wer mit einem kaputten Getriebe liegen bleibt, braucht doch keine Einspritzpumpe mehr, nicht wahr. Also wird abgebaut und umgebaut und angebaut, und weiter geht es. Scheint im Westen wie im Osten nach dem gleichen Prinzip gehandhabt worden zu sein. Gab ja genug von den Schlorren. Damit dieser destruktive Gedanke nicht um sich greift, haben die Fachmilitärs die Vokabel der Technischen Einsatzbereitschaft erfunden. Einen Koeffizienten sozusagen, der angibt, wie viele von hundert Autos noch brauchbar sind. Einfache Rechnung. Fahrbereite Fahrzeuge geteilt durch ursprünglich Vorhandene, schon hat man die Zahl. Leichte Übung. Und ganz schwer nachzuprüfen. Man ist auf die korrekte Meldung der Benutzer angewiesen. Und da hapert es offensichtlich an allen militärischen Akademien. Keiner der verantwortlichen Vorgesetzten lernt das, wie man schnell und sicher diesen so wichtigen Wert ermittelt.

Dabei ist es so einfach.

Nehmen wir mal als ein Beispiel die abgewickelte deutsche Armee des Volkes, denn die unterliegt ja nun nicht mehr der Geheimniskrämerei. Da gab es noch bis in die letzten Jahre der Existenz bei hochgradigen Manövern immer mal wieder Kontrolloffiziere, auch Schiedsrichter genannt, die sich vor allem dafür interessierten, ob das technische Material den Anforderungen entsprach. Oder einfacher gesagt, wie viele der teuren Schlitten mitspielten oder aber im Eimer waren. Taschenrechner und solcher neuzeitlicher Kokolores wie Bildschirmarbeitsplätze kamen in den Stäben der unteren Führungsebenen nicht vor, man musste sich also auf das Rechnen zu Fuß verlassen. Wohl dem, der aus dieser Not eine Tugend machen konnte. Mit der Hilfe eines kleinen Wunderdinges, dem Rechenschieber.

Um es mal deutlich zu machen. Bei einem der zahlreichen und aufwendigen Indianerspiele verlangte der internationale Schiedsrichter, der natürlich russisch sprach, den Koeffizienten der Technischen Einsatzbereitschaft zu erfahren. Und zwar möglichst plötzlich, zack-zack und stehen! Hatte es sich etwa bis zum vorgesetzten Kriegsspielstab schon herumgesprochen, dass ein paar der wichtigsten Fahrzeuge auf dem Sommerweg geparkt waren oder hatte einer von denen gepetzt, die immer etwas wussten, weil sie gern befördert werden wollten? Der vom Blut und Wasser schwitzenden Kommandeur herbeigerufene technische Fachmann jedoch zeigte keine Spur von Aufregung. Der Koeffizient, so berichtete er auf internationale Anfrage, läge bei guten 98 %. Eine geläufige Zahl im verblichenen Land, wie man inzwischen weiß. Dem misstrauischen Schiedsrichter stand der Zweifel auf der Stirn. 98 %? Wie er das denn so schnell errechnet hätte, wurde der Fachmann gefragt.

Nichts einfacher als das. Aus der allgegenwärtigen Kartentasche, einer Art militärisches Double weiblicher Handtaschen, wurde ein silberfarbener Rechenschieber hervorgezaubert, made bei Reiss. Die Zunge rückte mit der 100 auf die vorgeschriebene Position 98, die Anzahl der gemeldeten mitfahrenden Fahrzeuge darunter mit dem Schieber eingestellt und schon konnte man ablesen, wie viele Autos höchstens kaputt sein durften. Allgemeine Verblüffung und zweifelnde Blicke. Aber wie sollte einer, in dessen Heimatland sogar elektronische Rechenergebnisse mit den bunten Kügelchen auf dem allgegenwärtigen Holzrechner nachgeprüft wurden, dieses offensichtlich echt deutsche Rechenverfahren anfechten. Zumal auf dem Gerät nicht nur Reiss stand, sondern auch noch Darmstadt. So zu sagen ein Westimport. Zur allgemeinen Erleichterung auf allen beteiligten Seiten durfte der Fachmann mit dem Metallschienchen unbehelligt wegtreten. Richtig verstanden hatte das System wohl niemand. Aber es klang sehr schön wissenschaftlich und es wurde vor allen Dingen so selbstbewusst dargelegt.

Die Lehre gilt allgemein: Es kommt nicht immer darauf an, eine Wissenschaft bis zum Grund zu erkennen. Man muss nur die Ergebnisse auch halbwegs überzeugend wiedergeben können.

Militärs aller Stufen sollten also neben dem Marschallstab im Tornister auch einen so praktischen Rechengehilfen dabei haben. Der funktioniert übrigens nicht nur ohne Strom, sondern selbstverständlich ohne elektronische Vernetzung. Und einen Dolmetscher braucht man auch nicht. Koeffizient ist immer noch ein internationaler Begriff.

ZAPPING AKADEMIE

Die Zahl wissenschaftlicher Graduierungen wächst und wächst. Die allerfeinsten Titel werden verliehen, zum Professor und Doktor kommt neuerdings noch der Bachelor. Was man nicht alles werden kann an deutschen Bildungseinrichtungen! Interessant ist am Rande, dass die dreijährige Ausbildung zum Fachschulabsolventen im angeklemmten Deutschlandteil als schmalspurig klassifiziert und abgeschafft wurde. Dafür gibt es nun die dreijährige Ausbildung zum Bachelor. Heureka! Hört sich doch auch viel besser an.

Einen Abschluss allerdings vermisst man mit wachsendem Unverständnis. Den Zappachelor.

Das ist der Titel für ein Studium, dass man ganz bequem zu Hause betreiben kann. Einzige Voraussetzung ist ein handelsübliches Fernsehgerät mit einer funktionierenden Fernbedienung. Und die entsprechende Zeit natürlich. Aber der statistische Deutsche Herr Mustermann sitzt ja sowieso schon täglich ein paar Stunden vor der Guckmäste, da kann er auch gleich ein bisschen was für seine Bildung tun. Das ist ganz leicht. Mit eben dieser Fernbedienung.

Und so geht es.

Der örtliche Heimatsender hat die örtlichen Heimatnachrichten mitsamt dem örtlichen Wetterbericht ausgestrahlt und schickt sich an, einen Archivfilm zu zeigen, für den er keine Lizenzgebühren mehr zu zahlen braucht, weil die Urheberrechte bei den alten Römern vermutet werden. Irgendwie kommt einem der Schwarz-Weiß-Film bekannt vor und so greift man eben zur Fernbedienung. Zapp!

Nächste Station. Eine Talk-Show. Die bekannte Moderatorin hat an Neuigkeiten nur operativ-chirurgische Eingriffe an Lippen und Augenpartie zu bieten, sonst ist alles beim Alten. Die Reformen sind gerechtfertigt, müssen kommen, möglichst bald sogar oder eben auch nicht. Sagt der Gast, der die Opposition vertritt. Alle anderen sind dagegen. Oder umgekehrt.

Zapp!

Eine lustige amerikanische Serie, bei der es nichts ausmacht, wenn man den Anfang verpasst hat. Vier Frauen kopulieren, verbal wohlgemerkt, mit den falschen Partnern und tauschen sich darüber, angeblich frauentypisch, jedenfalls drastisch und sehr ausführlich aus, bevor sie ihrer Lieblingsbeschäftigung, dem Einkaufen, nachgehen.

Zapp!

Ein Actionfilm. Es ballert und kracht und der strahlende Held hat eine gewisse Ähnlichkeit mit einem neu gewählten kalifornischen Gouverneur.

Die nächsten fünfzehn Stationen sind nicht ergiebiger. Schon drängt sich der Gedanke auf, dass man eigentlich mal früher ins Bett gehen könnte, da schlägt das Schicksal zu. Ein nicht so häufig frequentierter Sender zeigt eine strahlende Sängerin. Jung, gut aussehend, nicht ein bisschen korpulent. Und kann trotzdem singen. Klassisch! Aus voller Brust. Aus hübscher Brust. Wer ist denn das? Blenden die nicht wenigstens den Namen ein? Ha, das haben sie wohl gehört. Anna Netrebko, wer soll denn das sein? Hört sich so russisch an, die haben ja auch tolle Künstler. Na, mal hören. Oho, die Dame spricht englisch. Erzählt davon, wo sie überall schon gesungen hat. Nur wir kennen sie offensichtlich nicht. Aber jetzt, dank zapping, ist die Bildungslücke gefüllt. Stolz schreibt man den Namen auf einen alten Einkaufszettel, damit man ihn bis morgen nicht wieder vergessen hat. Wollen doch mal sehen, was die Kollegen so von der Anna wissen.

In der gleichen Woche erfährt man auf diese Weise etwas über Tiefseebewohner, seltene Pflanzen, die Häufigkeit des ehelichen Geschlechtsverkehrs in den europäischen Ländern, über den Biber, den umtriebigen Gesellen, dem der Naturschutz außerordentlich gut bekommt, über den Waschbären, der eigentlich gar nicht hierher gehört und dem der Naturschutz schon zu gut bekommt. Herr Gaus spricht mit der bildschönen und sehr beherrschten Sarah Wagenknecht über linkspolitische Ideale. Zu Heiner Müller erfährt man Wissenswertes aus seinem Lebenslauf, von Rolf Hochhuth Erstaunliches über das neue Theaterstück, das angeblich wieder einmal gegen den Stachel löckt. Die größte deutsche Bank und die Unternehmensberater formieren sich schon zum Kampf gegen das Machwerk, wie sie es selbstverständlich nennen. Die Kritiker wissen vorab, dass es sich nicht um hehre Dramatik handeln wird. Die Verehrer des großen Meisters sehen das anders. Die Fan-Gemeinde macht also ebenfalls mobil.

Halt mal! Wie wird man eigentlich Hochhuth-Fan?

Das geht manchmal seltsame Wege. Im Fernsehen gab es vor Jahr und Tag aus Babelsberg eine Talk-Show mit dem Meister, in der er erwähnte, dass er eigentlich so gar kein Interesse am Erwerb der Brechtbühne in Berlin gehabt hätte, wie die Presse behauptete. Vielmehr war es die Ilse-Holzapfel-Stiftung, die sich bemühte. Auf die ausdrücklich erwünschte telefonische Nachfrage eines Zuschauers, wer denn hinter dieser Stiftung stecke, kam dann allerdings heraus, dass die Mutter des Dichters so hieß. Ein Schuft, der Schlechtes dabei denkt... Die Frage übrigens wurde prämiert mit einer Reise an die Ostsee. Ein Wochenende mit Theaterbesuch und dem neuerdings unvermeidlichen candlelight-Dinner. Dergleichen vergisst man nicht, wenn man der Gewinner war. Und so wird man zum Fan. Zapp!

Mitten hinein in die Zeitgeschichte. Ein Bericht über das Bagdad nach dem letzten Krieg. Wer hätte eigentlich sofort gewusst, dass in dieser Stadt sechs Millionen Menschen leben? Welchem älteren Zuschauer kämen die Bilder der zerstörten Häuser und Straßen nicht bekannt vor? Wer wäre nicht erschüttert über die Lebensumstände und die Not in allen Bereichen, wer könnte sich dem Anblick der betroffenen Kinder entziehen. Aber die deutsche Wirtschaft, so ist zu erfahren, hat schon reagiert. Man exportiert zum Beispiel gebrauchte Autos. Die Schlangen an den Tankstellen sind zwar lang, aber die Fahrzeuge davor in erbarmungswürdigem Zustand. Zumindest für den deutschen Autofahrer. Ein Vergleich mit dem Autoentwicklungsland im deutschen Osten des Jahres 1990 ist unzulässig, obwohl er sich aufdrängt. Inzwischen ist der erste oder zweite Westwagen vielleicht auch schon unterwegs ins Morgenland.

Bei längerem Nachdenken fällt dem Ostmenschen ein, dass der Irak eigentlich schon Erfahrungen haben müsste mit dem gesamtdeutschen Kraftwagenimport. Im vergangenen Leben waren es beispielsweise die Ludwigsfelder Allradesel, die sich vom Polarkreis bis in die Wüste bewährten, weil sie von robuster technischer Statur waren. Saharabraune Lastwagenkolonnen in Richtung Nahost via Rostock, man erinnert sich. Den gleichen Weg nahmen übrigens manchmal auch khakifarbene und sehr kolossale Achtradfahrzeuge, die mitnichten für den Transport von Obst und Gemüse gedacht waren. Wenn es sie noch gäbe da unten, könnten sie den Suchtrupps eigentlich nicht entgangen sein. Vielleicht breitet man aber auch aus guten Gründen den Mantel des Schweigens über diese Art Exportwirtschaft, mit der sich wohl noch immer viel Geld verdienen lässt.

Zapp.

Ein sehr irdisch anmutendes Mobil krabbelt über die Marsoberfläche und fotografiert exakt die Umgebung. Kein Fähnchen, dass sich entgegen aller wissenschaftlichen Vermutungen im Wind des Gestirns bewegt, diesmal nicht, kein amerikanischer Skaphander, nur Gegend. Es ist eine Frage der Zeit, vernimmt man tags darauf, dass dort ein bemanntes Raumschiff landet.

Fernsehen bildet. Man wird alt wie eine Kuh und lernt immer noch dazu, hieß es in der Generation der Großmütter.

Was für ein weltbefahrener junger Mann, würde hingegen Tucholskys Gripsholm-Prinzessin gesagt haben. Dabei kannte sie die Quelle heutiger Allgemeinbildung überhaupt noch nicht. Vermutlich ahnte sie nicht einmal, dass die Braun´sche Röhre dereinst die Grundlage für eine Akademie hergeben würde, die niemand mehr missen möchte. Apropos Röhre. Dank eines beflissenen privaten Senders gibt es sogar die Möglichkeit, sich öffentlich in Szene zu setzen, sein Allgemeinwissen auszubreiten und im Glücksfall damit auch noch Geld zu verdienen. Die Vorbereitung erfolgt ohne großartige technische Hilfsmittel. Einfach nur mit der Fernbedienung, die den Gang von Vorlesung zu Vorlesung ersetzt durch ein einfaches Zapp. Prüfungen muss man nicht bestehen, man verleiht sich den Zappachelor selbst.

Und sollte man müde werden zwischen den Lehrveranstaltungen, dann zappt man sich einfach in die Werbepause.

Kummerow und Pisa

Da sitzt ein dem Vernehmen nach gut ausgebildeter deutscher Ingenieur auf einem Drehstuhl im durchgestylten Fernsehstudio und soll einem charmanten, sympathischen und deshalb hoch bezahlten Moderator Preisfragen beantworten. Zum Beispiel muss er zwischen vier Antwortmöglichkeiten die einzig wahre herausfinden, die eine deutsche Schulform beschreibt. Er müsste auf den Begriff "Zwergschule" kommen. Tut er aber nicht! Bei aller gütiger Nachhilfe benötigt er die Unterstützung eines wohl gefüllten Auditoriums, das sich zwar auch nicht hundertprozentig, aber immerhin doch ziemlich sicher ist.

Zwergschule also.

Kennt der Mann das wirklich nicht? Nein, sagt er, der Weg ging direkt von der Realschule zum Gymnasium. Na gut, aber hat er nicht wenigstens von dergleichen Schulen gehört? Nie! Es scheint sie aber zu geben, immer noch, im Jahre Zweitausendvier nach dem Herren. Wo? In Deutschland vielleicht? Und noch heute? Ja, sicherlich. Ein Bundesland wird dazu nicht genannt, aber die Assoziation steuert schon südwärts. Ach, das kann man doch gar nicht glauben, das kann nur eine boshafte Unterstellung sein. Aber selbst in diesem Fall sollte man den Begriff schon einmal gehört haben. Weiß der Mensch da auf dem Stuhl nichts über die "Heiden von Kummerow"? Kennt er diese wunderbare Geschichte von Ehm Welk nicht, die sogar schon verfilmt wurde? Übrigens eine sehr frühe künstlerische gesamtdeutsche Kooperationsarbeit. Regisseur und Schauspieler aus dem Westen, Filmteam und Filmmaterial aus dem Osten. ORWO-Color. Zwar ein wenig blaustichig die Kopie, sagen die Fachleute. Aber immerhin ansehnlich.

Ehm Welk, und damit zurück zum Thema, beschreibt eine Zwergschule in Vorpommern. Mit ihrem denkbar einfachen System. Alle Jahrgänge von sechs bis zwölf in einem Klassenraum.

Der Kantor stellt die Aufgaben und differenziert den pädagogischen Leistungsanspruch nach Altersstufen. Die Elite der Klasse wird davon abgehalten, sich zu langweilen. Sie übernimmt die Aufsicht über die jüngeren Schüler. Nun hat man zwar noch nie gehört, dass ein Nobelpreisträger aus Biesenbrow, dem echten Vorbild des erfundenen Kummerow, stammt, aber die Schulabgänger waren bestimmt allesamt brauchbare Menschen geworden. Warum sollte man auf so ein bewährtes System nicht wieder zurückgreifen? Rechnen, Schreiben und Lesen, mehr braucht man eigentlich nicht für ein ordentliches Leben als Staatsbürger. Wer sich zu Höherem berufen fühlt, möge sich elitär durchsetzen. Ein erfolgreiches Prinzip. Und ein paar der teuren Gymnasien kann man nebenbei auch noch abwickeln. Besonders natürlich in Vorpommern. Traditionspflege. Und dann kann auch niemand mehr in die Verlegenheit kommen, nach solchen Begriffen befragt zu werden. Oder, um ein anderes Beispiel zu bemühen, wer oder was die Greifswalder Oie ist. Oder wer zum Teufel sich hinter dem Namen Schall verbirgt. Oder wer für sein Leben gern im märkischen Buckow Elegien schrieb. Oder welche sächsische Metropole an der Elbe liegt. Alles solche völlig unnützen oder, anders gesagt, Ostfragen.

Warum regt sich eigentlich noch jemand über die Ergebnisse einer Studie auf, die man vorsichtshalber nach der Stadt Pisa benannt hat und die damit wenigstens insofern unverdächtig ist, zum Osten zu gehören.

Vorsicht sei für spätere Aktionen indessen angemahnt bei solchen geografischen Bezeichnungen wie Rom oder Philadelphia.

Die gibt es im Osten wirklich.

EIN STALAGMIT AUF HIDDENSEE

Es gibt Begriffe, die schleppt man mit sich herum, ein Leben lang. Im früheren Dasein fuhren im Gänsfüßchenland die Schulklassen der allgemeinbildenden Oberschulen, vorausgesetzt, sie hatten eine engagierte Klassenleiterpersönlichkeit, einmal im Jahr durch das Land. Sagen wir zum Beispiel mal: in den Harz. Da waren ja nun die Tropfsteinhöhlen von Rübeland geradezu Pflichtprogramm. Und wenn die Schüler von einst als Familienoberhäupter einen gewerkschaftlichen Ferienscheck für eben diese Gegend organisieren konnten, zeigten sie auch den Kinder der nächsten Generation die Feengrotte und den Märchendom. Auf jeden Fall wussten sie noch nach Jahren, wie diese Gebilde hießen, die von der Decke oder aus dem Boden zu wachsen schienen. Stalagtiten und Stalagmiten. Gebilde, die sich durch das Abtropfen oder Auftropfen des kalkhaltigen Wassers im Laufe der Jahrtausende da unten geformt hatten.

Wer nun eine poetische Ader bei sich ausmacht, kann möglicherweise beobachten, dass sich manchmal im Laufe der Zeit aus Bildern oder Satzfragmenten im Hinterkopf auch fertige Gebilde formen, die man dann stolz eine Geschichte nennt. Einen poetischen Stalagmiten.

Das ist leichter gesagt als geschrieben.

Jeder mit der Materie Befasste kennt das Dilemma. Man hört ein Wortgebilde, einen Satzfetzen, eine poetisch anmutende Bemerkung, man träumt vielleicht sogar eine komplette Geschichte und wenn man die Story festhalten möchte, ist nichts mehr davon da.

Dabei gibt es so viele Hilfsmöglichkeiten. Ein Notizheftchen, ein moderneres Diktiergerät oder aber ein ständig betriebsbereiter Computer. In der Praxis zeigt sich, dass alles untauglich ist. Das Festhalten funktioniert nur, wenn man sich sofort an das Aufschreiben macht.

Nun gibt es allerdings Sätze, die ergeben keine Geschichte. Sie hören sich als Solisten vielleicht sogar höchst merkwürdig an. Trotzdem wirft man sie nicht weg. Es könnte ja sein, irgendwann werden sie gebraucht...

Das ist diese Kategorie der Stalagmiten. Sie wachsen von irgendwoher leise und langsam mit beeindruckender Stetigkeit im Dunkeln Tropfen für Tropfen vor sich hin, sind im wahrsten Wortsinne Auftropfsteine. Und erwerben so die Möglichkeit, einmal Teil einer Geschichte, einer notierten Begebenheit oder gar eines Bestsellers zu werden.

Um mal ein Beispiel zu geben.

Am schönen und als Urlaubsziel so begehrten Strand von Hiddensee gibt es natürlich normalerweise keine Stalagmiten. Dafür aber den feinsten Sand, den man sich für den textilfreien Körper nur wünschen kann. Wer schon einmal da war, weiß, wovon die Rede ist. Nur mal angenommen, man besitzt die Dreistigkeit, an diesem Strand die Mitreisenden auch noch abzulichten, dann hat man vielleicht die Chance, mitten im tiefen Winter mit einem Seufzer die Sommerstimmung zurück zu holen.

Ein Foto zeigt Frivoles. Ein blankes und rundes Hinterteil, das Badetuch ist vom Winde verweht. Es ragt ihr Arsch wie ein Planet am Strand von Hiddensee...

Was macht man mit dieser Zeile? Kompromittierendes für das nächste Familientreffen? Spitzbübische Neckereien für die Besitzerin der Kostbarkeit, schau mal, so hast du damals ausgesehen...

Wer einen Rat möchte, schreibt den Satz nicht auf das Foto, sondern in die Schatzkartei, den Quell guter Gedanken und Bilder, um ihn dereinst doch noch zu verwenden. Lässt ihn, den Satz, also in aller Ruhe wachsen wie einen Stalagmiten...

Kann sein, irgendwann wird ein Gedicht oder eine Geschichte daraus.

Piazza aperto

Auch eine Italienreise

Abfahrt mit SOFI

Die Abstimmung im Familienrat endete mit einer angeblich komfortablen Zweidrittelmehrheit. Dieses Jahr möchten wir wirklich mal in die Sonne. Drei Jahre hintereinander skandinavische Autowäsche, das reicht. So der Damenflügel. Also in den Süden.

Wie wäre es denn mit Italien?

Ist uns recht. Du planst doch so gerne, nun kümmere dich mal um ein schönes Urlaubsziel. Zum Beispiel Florenz. Oder Siena. Oder Pisa. Hauptsache warm und sonnig.

Wer nach Italien fährt, fährt in die Toscana.

Zustimmendes Gemurmel der Damen des Hauses. Der Auftrag gilt als erteilt.

Wie bereitet man sich auf die Toscana vor?

Man besorgt sich Reiseführer, schmökert beim ollen Goethe nach, sieht sich als Kontrastprogramm noch einmal den Trabbi-Film mit Stumpi an und spricht im Kollegenkreis von dem Vorhaben. Gute Ratschläge im Überfluss. Das muss man gesehen haben. Darauf sollte man achten. Das kann man vorher erledigen.

Und wenn man alles bedacht hat, sagt der neue Nachbar mehr zufällig: Als wir zum ersten Mal in Italien waren...

Zum ersten Mal? Wie oft waren Sie denn schon dort?

Wir fahren seit der Wende jedes Jahr. Nie woanders hin. Immer bella Italia. Vom Absatz bis zum Tiroler Stiefelrand.

Interessant, dann sind Sie ja Experten...

Wenn Sie es so nennen wollen. Warum fragen Sie?

Die Folge: alle wohlbedachten Ansätze werden über den Haufen geworfen. Alles wird neu kalkuliert.

Wann wollen Sie denn fahren? Im August? Aber da sind alle Italiener auf der Flucht vor der Hitze.

Geht ja nicht anders, die Tochter kommt mit und die Ferien sind nun mal im August.

Na ja, in den Pisaner Bergen geht es vielleicht, muss man halt sehen...

Da haben wir es! Habe ich meinen Weibern nicht gepredigt, dass wir besser nach Norden zögen? Wollen wir nicht doch...

Wieder in die skandinavischen Regenwälder? Nicht in die Tüte. Wir wollen in die Sonne. In die Toscana. Jetzt gerade. Mal sehen, was dran ist am besonderen Reiz dieses Landstriches.

Also buchen. Privat natürlich. Anzeige in einem Naturmagazin. Ein Italiener namens Lehmann (!) bietet Aufenthalt in einer romantischen Ölmühle. Und hat eine elektrische Adresse! Die Mischung macht neugierig. Das Unternehmen ist vom Erfolg gekrönt. Im August ist noch ein Appartement frei. Das der Manuela. Na wunderbar. Toscana, wir kommen!

Der Nachbar ist ein geübter Fahrensmann. Und rät doch sicherheitshalber zum Eintritt in einen Automobilclub. Vorsichtshalber. Man kann nie wissen.

Was meint er? Stimmen die Parolen von dem blitzschnell geklauten Auto? Müssen wir uns vielleicht Sorgen machen? Aber doch nicht bei unserem osteuropäischen fußbodenfarbenen Familienschlitten! Müsste schon ein Stern vorne dran sein oder etwas Ähnliches. Ach, da ist wie so oft ein durchaus bekanntes Vorurteil im Spiel. Da wird nicht mehr geklaut als überall. Es ist nur spektakulärer, in der Fremde ohne das gute Stück zurecht zu kommen. Nein, aber man benötigt Mautkarten. Und möglichst aktuelle Straßenkarten. Und Checkkarten. Traveller zum Beispiel. Und bei den Mautstellen muss man wissen, wie sie funktionieren. Und essen sollte man dort. Und mitnehmen muss man dies. Und kaufen sollte man nur das.

Wer soll das alles behalten!

Und fahren Sie bloß nicht an einem Tag durch, das wird strapaziös im August.

Siehste. Da können wir doch noch einmal im Zillertal übernachten. Vielleicht haben wir Glück und erleben den Schösserhof mal im Sonnenschein. Und dann kannst du auch noch von deinem geliebten Schinken mitnehmen.

Argumente, die auf fruchtbaren Boden fallen.

Der Tag der Abreise rückt näher. Alles ist bedacht und vorbereitet. Das Gepäck ist theoretisch verstaut. Fehlt vielleicht doch noch etwas? Wörterbuch, Reiseführer, Lire, Brustbeutel, Sommerklamotten, Badezeug, Versicherung, Blumenpflege, Karnickelpension...

Und dann schreibt das Leib- und Magenblatt darüber, dass man unbedingt eine Spezialbrille haben sollte. Wegen der SOFI. Sonnenfinsternis? Wann denn? Hoffentlich nicht etwa...

Genau. Genau am Abreisetag. Genau auf der Strecke nach München. Die Medien überschlagen sich. Chaos droht, weil alle gaffen werden. Überfüllte Rastplätze. Stau und Unfallgefahr.

Heiliger Strohsack!

Warum sind wir nicht doch wieder nach Norden...

Da ist auch SOFI!

Aber nicht so ausgeprägt.

Der nächste Schachzug der mit reisenden weiblichen Diplomatinnen zieht.

Aber höre mal, du wirst das doch hin bekommen, so gut wie du fährst und wie du dich orientieren kannst.

Die Brust schwillt unterm Freizeithemde.

Gewagtes Design übrigens, bei deinem Bauch. Die Italiener sollen ja alle so schlank sein...

Der diplomatische Bonus ist wieder weg. Strafe muss sein.

Wir fahren dann um fünf Uhr früh los.

So früh?

Ihr könnt ja wie üblich im Auto pennen.

Als ob wir jemals während der Fahrt geschlafen hätten!

Der Morgen ist ein bisschen grau und sieht nicht nach Sonne aus. Also keine Notwendigkeit für die in letzter Minute noch ergatterte Spezial-Alu-Sofi-Brille. Ist mir recht. Gefahren wird trotzdem gleich. Wer weiß, wie viele Staus es gibt.

Auf der Autobahn schaukeln die voll beladenen Familiendampfer in die letzte Feriendekade. Die Baustellen sind weniger geworden, die Durchschnittsgeschwindigkeit, vorher exakt berechnet und aufgeschrieben, liegt demzufolge höher. Wenn das so ist, dann sind wir genau zur Finsternis in der Kernzone eins!! Das kann was werden.

Und es wird. Es wird was. Der Rastplatz am Köschinger Forst ist zwar sehr voll, aber ein Plätzchen für die treue Kutsche findet sich schon noch. Beine vertreten, Toilette lieber nicht, es sind nur noch zehn Minuten. Der Blick in den Himmel fällt trübe aus. Wenn kein Wunder geschieht, dann ist nichts zu sehen. Anders gesagt: es bleibt so, wie es ist.

Das Wunder geschieht. Alle Menschen werden Brüder. Alle blicken in die gleiche Richtung. Nach oben. Wo ist eigentlich diese Wunderbrille? Na wo schon, da, wo der Familienplaner sie deponiert hat. Nee, da ist sie nicht. Ha, aber dort. Griffbereit im Brillenfach.

Zeig doch mal. Die Sonne vernimmt das Kommando und blinzelt durch die Wolkendecke. Hektik breitet sich aus. Die Besatzung eines dicken Buletten-Benz neben uns schaut traurig drein. Hä hä! Teures Auto, aber keine SoFi-Brille! Na, in einer einmaligen Situation, die man in dieser Totalität vielleicht nie mehr erleben wird, ist Nächstenliebe angesagt. Auch zu Berlinern. Die Brille wird herumgereicht. Und dankbar angenommen.

Sieh mal, ich glaube, jetzt geht es los.

Die Stimmung auf dem Rastplatz ist eigenartig. Mit der plötzlich einsetzenden Dämmerung sind die lauten Gespräche verstummt. Ein paar Vögel segeln träge durch die Gegend, als suchten sie vorzeitig einen Schlafplatz. Die Brille kreist schneller, die Sonne bekommt immer mehr Mondschatten. Man kann es wirklich ganz gut sehen durch die Folie, die Wolken sind dünner geworden. Und dann ist es fast richtig dunkel. Die Zuschauer sind ergriffen und suchen den Kontakt zu den Nachbarn.

Mit dem Schatten weicht die minutenlange Stille. Die ersten Motoren blubbern wieder, der Rastplatz leert sich. Man war dabei. Und freut sich diebisch über die Nachrichten aus dem total verregneten Stadion der bayerischen Metropole, wo man nix schauen konnte. Und dafür sind manche Experten hunderte von Kilometern gefahren. Erst dahin, dann dorthin, immer den Wetterprognosen über die Dichte der Wolkendecke folgend. Pech gehabt. Wir aber können dereinst voller Stolz berichten, dass wir dabei gewesen sind...

Vorerst begleitet uns der einsetzende Regen bis ins Zillertal. Dann durchs Zillertal. Und zwei Tage später wieder raus aus dem Zillertal. Von wegen Schösserhof im Sonnenschein! Aber den Schinken habe ich! Nur kein scharfes Schinkenmesser. Das ist am nächsten Supermarkt kein Thema. Ich habe schon überall ein feines Messerchen gekauft, in Schweden, in Dänemark. Warum nicht auch eins im Zillertal.

Na, wenn du meinst, ich dachte, du denkst an alles...

Dann herrscht wieder Ruhe im Auto. Schlafwagenruhe.

Pennt ihr etwa?

Lass uns man schlafen, die Alpen haben wir doch schon ausgiebig betrachtet, die standen voriges Mal auch hier herum!

Mit vierzehn schon so ein Aussichtsmuffel. Was hätten wir vor vierzehn Jahren darum gegeben, wenn man uns hierher gelassen hätte. Wir mussten mit Postkarten vorlieb nehmen. Das letzte Mal im Westen, das war kurz vor dem Mauerbau. Steglitz, Schlossstraße, Autohaus Winter. Prospekte aus Heidi Hetzers Opel-Pavillon. Kino im Kindl. Oberwachtmeister Bork. Dann mit den Cousins in die Kneipe am Hindenburgdamm. Der Zaubertrick mit der Glasscheibe aus der Sicherung, die man an Stelle einer Münze aus der Serviette ins Schnapsglas klimpern ließ. Mit der Cousine und deren Freundin ins Freibad. Wenn ich mich nicht irre, hieß sie Charlotte. Bildhübsches Mädchen. Soll später einen Italiener geheiratet haben und ist in die Nähe von Rom gezogen. Wird in den vergangenen Jahrzehnten auch nicht jünger geworden sein. Bei der ersten Familienzusammenführung nach der Wende hätte man nach ihr fragen können, aber die Gespräche drehten sich um so viel anderes, eigentlich belangloses Zeug. Ihr wohnt auf dem Land? Das wäre nichts für uns. Wir haben ja diesen schönen Schrebergarten zwischen den S-Bahngleisen, völlig ungestört. Benni wird in diesem Jahr noch verbeamtet, der hat es geschafft. Bei Reichelt kann man auch nicht mehr einkaufen, zu viele Ossis, oh entschuldigt. Dafür kann euer Kind jetzt in Freiheit aufwachsen, ist das nicht schön?

Dreißig Jahre, da gab es kaum noch gemeinsame Erinnerungen. Man war sich so fremd geworden, dass man sich nicht mehr vermisste. War dann auch das erste und letzte Treffen. Familienbande, das Wort hat einen Beigeschmack von Wahrheit, schrieb Karl Kraus.

Die Sehnsucht nach Italien blieb über die Jahre ein Traum. Heute ist es eine Selbstverständlichkeit, dass man überall hin fahren kann. Dass man, nur mal so als Beispiel, in Saßnitz nicht oben am Zaun steht und neiderfüllt den abreisenden Nordländern nachschaut, sondern sich selbst einschifft. Das heißt so, und wenn du dich noch so kringelst vor Vergnügen. Na meinetwegen. Ich werde mich nicht aufregen, ich rege mich nicht auf, ich bleibe ganz ruhig, ich habe Urlaub.

Innsbruck liegt im Sonnenlicht. Aber von der tollen Europa-Brücke ist nicht viel zu sehen, wenn man selbst darüber fährt. Außerdem bauen sie hier, bei laufendem Ferienverkehr. Man muss schon aufpassen.

Dann endlich der Brennero. Das mit der Maut hat der sachkundige Nachbar prima erklärt. So fährt man heran wie ein Dauerpendler. Bald danach die Grenze. Buon giorno, Italia! Dass man sich an die vorgegebene Geschwindigkeit halten soll, scheinen die meisten vergessen zu haben. Also mit dem Strom schwimmen, damit man nicht zum Hindernis wird. He, warum bremsen die da vorn? Alles klar, die erste Radarfalle. Wie bei uns. Wenn es dran steht, ist es längst zu spät. Glück gehabt, weil vorausschauend gefahren.

Na, was sagt ihr dazu?

Gib nicht so an, du fährst doch immer wie ein Opa. Mal ein bisschen Pfeffer, wenn wir bitten dürfen. Sonst ist der Urlaub vorbei und wir krebsen auf der italienischen Autobahn herum.

Wie gewürzt wird, bestimme immer noch ich.

Ja, aber wir müssen mal.

Schon wieder? Ihr wart doch gerade.

In Österreich. Aber noch nie in Italien.

Also gut. Nach dem Losfahren klappert was. Was kann das sein? Egal was, es klappert.

Halte doch einfach am nächsten Parkplatz an.

So schlau bin ich selber.

Die Runde ums Auto ist ergebnislos. Weiter. Es klappert weiter. Himmel, Arsch und Zwirn, was kann das sein?

Wieder ein Parkplatz. Raus. Gucken. Durch Zufall auch zur linken hinteren Tür. Halb offen!

Wer war denn da dran und hat sie nicht richtig zugemacht?

Wir nicht!

Ich habe nicht gefragt, wer nicht dran war!

Lag da hinten nicht vorher noch die Italien-Karte? Jetzt steckt sie im Seitenfach.

Na gut, dann wollen wir den Schuldigen nicht weiter suchen. Schaut mal. Diese Obstplantagen, ist das nicht schön?

Das Ablenkungsmanöver klappt nicht.

Wenn eine von uns die Tür angefasst hätte, das Theater hätte ich erleben mögen.

Die Dolomiten beenden die Diskussion. Ein erhebender Anblick. Ergriffenes Schweigen? Von wegen. Wir fahren mal wieder Schlafwagen.

Wer schläft, der diskutiert nicht. Außerdem ist Urlaub. Da kann jeder machen, was er will.

Die Berge bleiben stehen, die Po-Ebene tut sich auf. Das Gefühl Déjà-vu stellt sich ein. Das hat man doch alles schon gesehen? Ja natürlich, Bertoluccis grausames und ausführliches Epos "1900" lief doch seinerzeit in allen großen Kinos, auch im eingemauerten Deutschland. Und das spielte sich genau hier ab. Was blieb in der Erinnerung? Rote Fahnen, avanti popolo, die Hymne der italienischen Kommunisten, der Patrone und seine sehr schöne, sehr freizügige Frau, der Aufstand der armen Landarbeiter unter Führung des blutjungen Gerard Depardieu. Der Staub und die rötliche Farbe der Häuser, die Zypressenhaine und die allgegenwärtige Sonne.

Warm ist es in der Emilia-Romagna, sehr warm sogar. Und ein kleines bisschen langweilig. Man sollte sich ablenken. Der Versuch eines Scherzes über die Größe des Po´s wird nur müde belächelt. Zu warm. Bei Modena wird getankt. Hier ganz in der Nähe liegt Maranello, da übt Schumi immer.

Ist das nicht der, der mit seinem schnellen Auto im Kreis herum fährt? Geschenkt. Ja, wenn der Herr Fußball spielen würde.

Tut er ja, in seiner Freizeit.

Echt?

Echt. Na klar.

Erst als hinter Bologna die Appenini wieder bergsteigerische Qualitäten verlangen, wird die Squadra familia gesprächiger.

Pass bloß schön auf, dicker Chef.

Geht das schon wieder los! Die feurigen Italiener, jetzt in der Runde zwei. Also kontern.

Wisst ihr eigentlich, dass die Italienerinnen auch sehr ansehnlich sind? Ach ja, diese mediterranen Schönheiten, dunkle Haare, dunkle Augen, schlanke Körper, temperamentvolle Bewegungen... Ist ja gut, Alter. Sei mal vorsichtig, so wie du jetzt schon schwitzt. Und denk an dein Herz. Hast du überhaupt deine Blutdrucktabletten mit? Schön für dich.

Wann sind wir eigentlich da?

Die Frage, auf die ich gewartet habe.

Wenn alles klappt, sind es noch zwei Stunden bis Buti.

Puh, ist das warm!

Seht doch mal die vielen Baumschulen. Ob die das alles loswerden?

Sonst würden sie es sicherlich nicht anbauen. Ist doch nicht wie zu Ostzeiten bei uns.

Das Ausbuchen an der Ausfahrt Capannori klappt hervorragend. Und auf der Landstraße ist es nicht mehr ganz so heiß. In manchen Bäumen ist ein Gezirpe wie von Tausenden Zikaden.

Weißt du eigentlich, was Zikaden sind?

Das nicht gerade so direkt, sagen wir mal...

Du weißt es also nicht. Fahr mal schön weiter.

Die Vorbereitung hat sich ausgezahlt. Kein Kringel, kein Verfahren. In der dritten Nachmittagsstunde rollen wir in Buti ein. Und finden auch die winzige Seitengasse mit der Ölmühle. Was stand in der Beschreibung? Parken unterhalb der Gasse? Zu spät! Oh, das wird aber eng. Wie kommt man denn hier wieder rückwärts raus, ohne die Spiegel einzubüßen?

Ihr könnt ja schon mal klingeln.

Das Auto steht, die Hitze steht. Die Mühle steht. Nichts rührt sich. Habt ihr auch wirklich...

Na hör mal, wir werden doch wohl noch freihändig klingeln können. Außerdem hört man es scheppern.

Wir sind hier, aber wo sind Lehmanicos?

Endlich kommt nach endlosen Minuten Bewegung auf. Ein Mann in verwaschenen Shorts und mit freiem Oberkörper erscheint und kratzt sich das graue Brusthaar. Von wegen feuriger Italiener.

Es ist der Hausherr. Verschlafen und sichtlich ungehalten über die Idioten, die während der Siesta die Klingel abreißen.

Ja, bitte? Was gibt es denn?

Wir sind die Gäste für das Appartement Manuela.

Mürrisch aber akzentfrei kommt der nächste Satz: Davon weiß ich nichts. Was denn für Gäste?

Also, hören Sie mal. Wir haben doch ab heute gebucht. Und bezahlt haben wir auch im Voraus!

Eine typisch deutsche Begründung. In Italien regt das niemand auf.

Schon gar nicht, wenn er Lehmann heißt. Immerhin wird uns bedeutet, mal einen Augenblick zu warten. Bis Frau Lehmann befragt ist. Die schläft aber auch um diese Zeit. Kann also dauern.

Es geht dann doch schneller. Alles klar, Sie wohnen im Ort. Ich zeige es Ihnen. Sie fahren immer schön hinterher, auch wenn es Ihnen nicht geheuer vorkommt.

Der Hinweis ist berechtigt. Herr Lehmann, der seine Garderobe mit einem zu den Shorts passenden Caprihemd ergänzt hat, fährt in seinem alten Allzweck-Golf vorneweg. Es geht verkehrt herum in eine Einbahnstraße, es geht durch meterschmale Gassen, es geht in die Nähe der Piazza.

Hier können Sie stehen bleiben, bis sie ausgeladen haben. Dann kommen Sie wieder zu uns heraus. Wo Sie das Auto parken wollen, ist Ihnen überlassen. Lassen Sie sich Zeit, genießen Sie den Blick von der Dachterrasse. So ruhig wie im Augenblick bleibt es nicht, die Italiener halten Mittagsruhe, so bis gegen halb acht. Dann fängt das Leben auf der Piazza wieder an.

Im Appartement ist es dunkel und kühl. Fensterläden und Steinfußboden. Das Gepäck wird schweißtreibend durch einen wunderschönen grünen Innenhof geschleppt. Auspacken sollen mal die Damen, haben sowieso den meisten Krempel mit.

Krempel? Na hör mal, wenn wir schon in die Sonne fahren.

Ihr werdet noch stöhnen unter der Hitze.

Ich denke, die Dicken leiden mehr?

Jetzt ist es aber genug. Keinen Zank, ich habe Urlaub. Urlaub in bella Italia.

Der Blick vom Söller ist wirklich schön. Sanft ansteigende Berge, Olivenhaine. Dächer voller Patina. Reiche Leute scheint es in Buti jedenfalls nicht viele zu geben. Verwitterte Fassaden. Verwinkelte Gassen. Gegenüber ein altes Castello. Gehört bestimmt so einem dekadenten Grafen.

Und dann die Piazza! Ein fast runder Platz. Kleine Läden. Zwei Pizzerien. Eine Eisdiele. Direkt neben uns das Haus der PDS! Heißt tatsächlich so. Wäre ja mal interessant, wer da bei wem abgeschrieben hat. Neben den Sozialisten die Christdemokraten. Auch mit eigenem Klubhaus. Auf dem Markt die Bushaltestelle, dahinter die Bank und die Post. Ein bisschen erinnert mich das alles an die früher heimlich gesehenen Folgen mit Don Camillo und Peppone. Und wie auf das Stichwort gongt die Kirchenglokke direkt hinter uns los.

Auf dem Dach ist es luftig, im Appartement steht die Luft. Die sehr warme Luft.

Dann lasst uns doch erst mal die Anmeldung erledigen. Habt ihr alles? Das Auto lassen wir besser oben an der Ölmühle. Die Gasse hier ist nämlich so eng, dass der linke Spiegel schon angeklappt ist. Natürlich verkehrt herum, also von hinten nach vorn..

Vermutlich einer der allgegenwärtigen Mopedfahrer. Von denen wimmelt es geradezu. Meistens Modelle mit Automatikgetriebe. Ein ziemlicher giftiger Ton, wenn sie volle Pulle von der Piazza aus die Einbahnstraße bergauf ziehen.

Du kannst es aber auch schon ganz gut, pass auf die Kurve auf, wenn da einer von oben...

Der muss doch stoppen!

Vorweggesagt: in vierzehn Tagen habe ich dort niemand halten sehen!

Die Padrona Lehmanico ist, obwohl Pensionärin, immer noch eine schöne Frau. Sie regelt das Geschäftliche, erklärt uns die Ferienanlage, zeigt uns den wunderschönen Swimmingpool, den wir auch benutzen dürfen, selbstverständlich. Und erzählt ein bisschen, wie sie zu dem Anwesen gekommen sind. Deutsche Aussteiger, die sich in die Toscana verliebt haben beim ersten Besuch. Und die von da ab nur noch ein Ziel hatten: sich hier anzusiedeln! Das war nicht so leicht, wie es sich anhört. Und ein Problem, was die laufenden Kosten betraf. Schnell kam man auf die Idee, Gäste aufzunehmen. Und wer einmal kommt, der kommt bestimmt wieder. Außerdem gibt es einen großen Freundeskreis.

Aha, so geht das. Und wir dachten, man muss Sozialdemokrat sein, um hier zu siedeln. Hört man doch immerzu: Toscana-Fraktion!

Die weit verbreitete Ansicht. Wer hier nicht hart arbeitet, kommt zu nichts.

Aber da gibt es wohl noch mehr Klischees. Guter Rotwein und Oliven. Kann man bei uns alles haben. Eigene Produktion. Finden Sie auch als Willkommensgruß im Appartement. Sind Sie das erste Mal in Italien? Sie kommen aus der Potsdamer Gegend? Das ist doch Osten, nicht wahr? Interessant. Wir haben übrigens Verwandte in Berlin. Und ? Wie gefällt es euch denn da unten?

Kann man noch nicht sagen. Schade, dass hier oben in der Nähe des Pools nichts mehr frei war.

Wenn Sie ergänzende Tips zu Ihrem Reiseführer haben möchten, kein Problem. Fahren Sie aber auf keinen Fall am Sechzehnten nach Siena. Da ist der Palio. Das berühmte Pferderennen mitten in der Stadt. Aber da sieht man am Fernseher mehr, glauben Sie mir.

Als wir zu Fuß auf der Piazza ankommen, ist schon ein bisschen mehr Betrieb.

Wer geht einkaufen?

Immer der, der fragt. Und der alle europäischen Urlaubseinkaufssprachen perfekt imitiert.

Also ich. Wer sonst? Was brauchen wir denn?

Das Abendbrot ist rustikal und reichhaltig. Der Tiroler Schinken vom Stück ist wundervoll. Ein scharfes Messer gehört übrigens zur Küchenausstattung. Hätte man sich schenken können, den Kauf in Österreich. Schneidet viel besser, das italienische Gerät. Sollte man sich vielleicht eins kaufen hier.

Fängst du schon wieder an mit deinem Fimmel?

Der Abend auf dem Dach ist sehr schön. Abendrot über Olivenhainen, Postkartenromantik pur. Einfach schön. Und der Rotwein des Hauses schmeckt, schmeckt, schmeckt...

Eigentlich sollte man gut schlafen können nach Reise und Wein. Sollte man.

Tut man aber nicht. Als die Fensterläden geöffnet werden können, stürzen sich die Mücken auf uns, als hätten sie darauf gewartet, dass es endlich frisches Blut gibt. Zudecken bei dreißig Grad im Zimmer ist blödsinnig. Nach den ersten etwas tief geratenen Atemzügen des Chauffeurs verlässt die getreue Ehefrau die Ruhestätte und quartiert sich nicht ohne Kommentar eine halbe Treppe höher bei Töchting ein. Unbequemer, aber ruhiger. Denkt sie. Da schlägt die Kirchturmuhr die elfte Stunde. Und wie ein aufgeschreckter Hornissenschwarm brausen die Mopeds los. Wie gesagt, ein einziger Gang und volle Pulle bergwärts. Dazwischen der ungedämpft bellende Viertakter einer Geländemaschine.

Hochgezogener, ausgeräumter Auspuff, fünf Gänge, knapp übersetzt, also schaltbedürftig. Jetzt erst hört man, was vorher im allgemeinen Geräuschpegel unterging: die Gespräche im Vorgarten des Parteiclubs. Dazwischen pfeift einer immer wieder die selbe Melodie. Italienisches Volkslied mit hundertzwanzig Strophen. Oder Oper? Mensch, das ist White Christmas, ruft es von oben, hörst du das denn nicht?

Jetzt, wo du es sagst...

Kaum hat man sich daran gewöhnt, kommen die Mopedritter zurück und parken wieder unter unserem Küchenfenster. Dann erscheint in der Hörspielszene die aus den alten de-Sica-Filmen wohlbekannte Stimme der Großmutter. Mit wem sie zetert, ist natürlich nicht zu verstehen. Aber das sie es ausdauernd tut dafür um so besser.

Piazza aperto.

Der Platz ist geöffnet.

Das glaubt man doch nicht. Das soll Italien-Urlaub sein? Und wenn das vierzehn Tage so bleibt?

Wir sind hier im Urlaub, nicht zur Kur!

Die Nacht jedenfalls wird kurz. Um halb drei in der Frühe streichen die letzten Debattierer die Segel und begeben sich heimwärts. Vorher bretterten die Mopeds los. Und der Kneipier vom Klub feuerte die leeren Flaschen noch rasch in den Altglas-Container, der gleich an der Ecke steht.

Dann ist es unglaublich still auf der Piazza.

Bis um halb fünf.

Da kommt der Milchwagen oder was immer der scheppernd für den kleinen Laden unter dem Schlafzimmerfenster ablädt. Danach um fünf der Frühbus. Gleich darauf das Postauto. Und dann sind schon wieder die Mopeds da.

Kann ich auch gleich einkaufen gehen für das Frühstück. Sonntags? Ja klar. Das ist hier so.

Als ich mit Milch und Brötchen zurück bin, schlafen die Damen noch.

Lass uns in Ruhe, wir sind müde und nicht ein bisschen hungrig.

Nachdem ich sie endlich aus dem Bett gequängelt hatte, waren natürlich die Brötchen völlig indiskutabel.

Was anderes haben die aber nicht. Wenn es euch nicht passt, geht ihr selbst.

Der Tag kann schön werden. Und er wird es. Als ich nach alter Chauffeurtradition das Auto holen gehe, damit die Gegend um Pisa erkundet werden kann, ist das schöne leichte Sommerhemd schon nach wenigen Schritten schweißnass. Geht aber auch immer bergauf zur alten Ölmühle. Bergab rollen ist bequemer, Scheiben runter, Arm echt italienisch im Fensterrahmen, Gebläse Stufe drei, so hält man es aus. Gute Argumente für den nächsten Autokauf. Nur noch mit Klimaanlage!

Die Damen warten schon auf der offenen Piazza. Und lassen sich betrachten. Von den schlanken Italienern. Vom würdevoll in Schwarz gekleideten Pfarrer, der tatsächlich Ähnlichkeit mit Don Camillo hat. Natürlich schwitzen sie noch nicht, wo von denn auch? In diesen sparsamen bauchfreien Oberteilen wird einem wahrscheinlich überhaupt nur von feurigen Blicken warm. Ein bisschen stolz ist man schon wegen der Blicke.

Kaum abgefahren, kommt die unvermeidliche Frage: Wie lange fahren wir jetzt?

Was weiß denn ich. Ihr könntet ja mal die Karte...

Wir haben Urlaub. Fahr man, du weißt doch bestimmt schon wieder ganz genau, wo wir in Pisa parken werden!

Dies jedoch erweist sich als schwierig. Einbahnstraßen wie zu Hause. Der von hohen Palazzos umstandene Platz glüht. Kein Windhauch, aber ein Carabiniere. Der ist sehr kooperativ und nickt müde zu der offensichtlich auch nur von deutschen Autotouristen gestellten Frage. Klar, kann man seinetwegen hier parken. Er muss ja mit dem Glühofen nachher nicht fahren!

Die Gasse führt tatsächlich zum Campanile. Vorher ist eine Eisdiele zu passieren. Dieses himmlische Vergnügen teilt man mit hunderten von Schaulustigen. Die schlecken, besichtigen, und schlecken wieder. Zwischendurch wird fotografiert, als würde der von Stahltrossen und stählernen Korsettstangen gehaltene Turm morgen abgerissen. Aus welcher Perspektive? Ach, aus der? Haben wir noch nicht, zurück. Leute, der Film ist voll!

Wer hat denn einen vollen Film...

Als er eingelegt wurde, war er natürlich nicht voll. Aber es war Weihnachten, erinnert ihr euch? Es war immer Weihnachten, wenn ein neuer Film eingelegt wurde. Sieht man jedes Jahr an den Urlaubsbildern. Erst die Jubelfichte, dann der Strandbikini. Oder der blanke Arsch auf Hiddensee...

Na und, kaufen wir eben einen Film, den wird es doch in der Nähe einer solchen Attraktion wohl geben. Gibt es, gibt es im Überfluss. Nur wissen die Händler offensichtlich mehr von der Gewissensnot der Käufer, als diese annehmen.

Was hast du jetzt für diesen Film bezahlt?? Das sind ja umgerechnet zwölf Mark! Und dann nur vierundzwanzig Bilder, statt sechsunddreißig.

Ja nun! Wollt ihr mit den Urlaubsfotos angeben oder nicht?

Der Turm kann nicht umrundet werden, nur die riesige Kirche nebenan.

Noch ein Eis, dann geht es im tatsächlich etwa hundert Grad warmen Fahrcontainer weiter. Die Straße steigt, die Straße windet sich durch Pinienhaine. Der Blick nach Pisa zurück ist herrlich, behaupten die Beifahrerinnen. Du guck mal lieber geradeaus, wir sagen dir schon, wie schön es hier ist.

Wo will er eigentlich jetzt mit uns hin? Noch ein Besichtigungsprogramm?

Wir fahren nach Lucca.

Lucca, Lucca, wo ist denn Lucca? Gib doch mal die Karte... ach da.

Von Lucca gibt es erst einmal keinen Stadtplan. Nach dem Motto: je ernsthafter etwas behauptet wird, desto glaubwürdiger klingt es, wird die Kirche in einem Gewerbegebiet zum Zentrum erklärt. Aber das leuchtet selbst den unkritischsten Mitfahrern nicht ein. Das soll das Zentrum sein? Alle Daumen zeigen nach unten.

Also noch eine Runde. Und dann ist da wirklich das Zentrum, umgeben von einer gewaltigen und richtig gut erhaltenen Stadtmauer. Wenn man das nicht gefunden hätte, wäre es wirklich ärgerlich gewesen. Lucca wird später zur schönsten Stadt der Urlaubsroute ernannt, und das nicht nur wegen der vielen zauberhaften kleinen Läden.

Hier müssen wir unbedingt noch einmal herfahren, machen wir das? Ja natürlich, jetzt aber erst einmal zurück nach Buti, die Piazza ruft.

Die nächste Nacht setzt noch einen drauf auf die Kulisse. I´m dreaming, pfeift der ausdauernde Alte unter dem Zimmerfenster. Und genau das ist es.

Auch wenn man bis nach zwei Uhr in der Frühe auf dem Söller zubringt, an Schlafen ist nicht zu denken.

Am nächsten Morgen auf Familienbeschluss zu Lehmanicos. Also, hören Sie, wir sind weiß Gott nicht verwöhnt, aber das geht nicht. Das Appartement der Manuela ist eigentlich unvermietbar, wissen Sie das? Dieser Lärm ist einfach unfasslich!

Unsere letzten Gäste da unten waren sehr zufrieden.

Wahrscheinlich sind sie jeden Abend voll des Hausweines gewesen...

Ja, aber was hindert Sie daran, sich auch ein wenig zu besaufen? Na, wenn es nicht geht, wir schauen mal.

Die Recherchen sind so umständlich und vor allem kostspielig, dass man lieber noch einmal probiert, ob es nicht doch einen

Trick gibt, um zum wohlverdienten Schlaf zu kommen. Und siehe da, es geht. Es ist allerdings die Nacht zum Dienstag, mitten in der Woche, und da gehen wohl selbst die hartgesottensten Mopedritter früher in die Falle.

Außerdem war der Hausgemachte in der Grotta gleich um die Ecke auch nicht von schlechten Eltern. Überhaupt. "La Grotta". Die Entdeckung. Italienische Bilderbuchtaverne. Netter Wirt. Vom Vater kontrolliert und angeleitet, obwohl selbst nicht mehr weit weg von der fünfzig. Familienbande auf italienisch. Lauschiger Freiplatz, überdacht von gewaltigen Schirmen. An der Wand: Ja, habt ihr das jetzt auch gesehen?? Das sind, wartet mal, ich glaube, es sind Geckos!

Unser Alter als Mittelmeerexperte, als Hilfsbiologe, wer hätte das gedacht!

Die Kellnerin wäre auch etwas für einen biologischen Exkurs, doch da senken wir mal lieber züchtig den Blick, könnte sonst zu neuen Ausfällen führen. Aber hübsch ist sie, Dunnerkiel, der Begriff mediterran bekommt zweifellos Leben. Allein diese Augen, aber hallo!

Sollen wir hier etwa verdursten? Bestell man noch eine Flasche, du kannst das doch so gut.

Aber gerne doch! Lob hilft, Lob lenkt ab.

Die Kellnerin heißt Maura, scheint eine Tochter des Wirtes zu sein, hat diesen aufregenden Gang aus der Hüfte heraus. Macht es nun der Wein oder schaut sie wirklich manchmal lächelnd herüber? Am Nachbartisch stöhnen zwei Einheimische. Però che fisico! Ohne Dolmetscher weiß man, dass sie von der beeindruckenden Physis einer scharfen Braut reden.

Der Wirt hat es mit dem wachen Sinn des eifersüchtigen Vaters wahrgenommen. Er sagt etwas zu dem schönen Kind und unterstreicht die Ansprache mit gestenreichen Handbewegungen. Aber auch hier scheint die patriarchalische Altmacht längst gebrochen. Allora! sagt sie schnippisch und wirft den Kopf in den Nacken.

Ja natürlich, hier können wir morgen abend auch essen gehen.

Aber wir haben doch noch genug mit.

Trotzdem. Und ganz leise hinterher: Basta.

FIRENZE, BELLA ITALIA

Frau Lehmann hatte uns ja gewarnt.

Den Palio sehen Sie sich mal lieber am Fernseher an, das ist weitaus bequemer und günstiger. Nach Siena fahren Sie besser einen Tag später.

Also erst mal nach Firenze.

Stinknormale Autobahn, ausgetrocknete Flussbetten. Vom Era fast nichts mehr da und auch der Arno führt Niedrigwasser. Kann man sich gar nicht vorstellen, wie der Fluss sich bei Hochwasser gebärdet. Das tut er aber mächtig gewaltig, das letzte Mal liegt erst ein paar Jahre zurück, als die Anwohner nicht nur nasse Füße bekamen.

In Florenz findet sich für das Auto ein Plätzchen unter schattigen Bäumen. Hast du das gesehen? Unser Alter als Schattenparker! Später zeigt sich, dass auch in Bella Italia die Sonne im Laufe des Tages wandert.

Florenz ist eine Reise wert. Florenz ist warm. Florenz ist überfüllt mit Bildungshungrigen, die sich in einem großen Kreis zu drehen scheinen. Viele von ihnen trifft man immer wieder.

Die Fülle der Eindrücke und die lastende Hitze schlagen auf die Kondition. Ein Eis bitte, rufen die Damen mit ermatteten Stimmen im Chor.

Na, da ist doch so ein Stand.

Nein, tu uns das nicht an. Wir müssen uns mal in den Schatten setzen. Kommt, wir gehen da rein.

Wird sicherlich sehr voll sein.

Ist es aber denn doch nicht. Im Gegenteil. Den Grund ahne ich erst bei der Rechnungslegung. Il conto, per favore! Der Kellner scheint das ernst zu nehmen. Meine Güte, wir wollten doch nur drei Eisbecher, nicht den ganzen Laden. Na, die Damen verschwinden wenigstens noch einmal auf die Örtlichkeiten. Alles inklusive. Oh, oh, die Reiseschatulle wird zwischendurch nachgefüllt werden müssen.

Nein, wirklich, nach Firenze sollte man nicht im Sommer fahren. Und schon gar nicht nur zu einer Stippvisite. Hallo ihr Uffizien, hallo Ponte Vecchio, hallo Palazzo Pitti, wir kommen wieder. Versprochen. Aber dann im Frühjahr oder Spätherbst.

Schon auf der Rückfahrt freuen wir uns auf die Grotta. Und der Wirt tut so, als ob er sich auch über seine neuen Stammgäste freut. Kurz vor dem zweiten Gang ruft er uns aufgeregt in die Gaststube.

Was ist los? Was müssen wir unbedingt sehen?

Den Palio!

Heute ist doch der sechzehnte August!

Tatsächlich, man sieht am Fernseher mehr, als in der Menge auf dem Campo, soviel ist sofort klar. Die Padrona Lehmanico hatte also recht. Die Italiener fiebern mit den Reitern der verschiedenen Contraden, als seien sie alle aus Siena. Irgendwann starten die Pferde, rasen um die Arena, eins verliert den Reiter, eins saust gegen die Bande. Unbeschreiblicher Jubel, nach knapp zwei Minuten ist alles vorbei. Darauf bereitet man sich ein ganzes Jahr lang in den Stadtteilen, den Contraden, so gewissenhaft wie heimlich, so aufwendig wie intrigenreich vor. Angeblich werden nicht nur die Reiter bestochen, sondern auch die Pferde gedopt. Warum jubeln die Leute so frenetisch? Die Contrade der Schnecke hat gewonnen, seit sechzehn Jahren zum ersten Mal wieder.

Die Aufregung hält noch lange an.

Der Hauswein schmeckt von Tag zu Tag besser. Der Lärm von der Piazza klingt irgendwie gedämpfter. Liegt vielleicht auch daran, dass oben auf dem Söller, dem Dachgarten mit Weitblick, jedes Geräusch erst ein wenig später ankommt. Kühler ist es auch als im Appartement der Manuela. Und manchmal gibt es sogar eine Sondervorstellung vom italienischen Leben, Szenen, die das Zeug haben zum großen Kino. Ein Mann in mittleren Jahren versucht, offensichtlich beeinflusst von alkoholischen Getränken, sein Moped anzuwerfen. Erst schiebt er, dann bockt er den Benzinesel auf und strampelt mit Inbrunst auf den Pedalen herum. Ohne Erfolg. Aber nach dem zehnten oder zwölften Versuch jault das gequälte Motörchen auf und reißt das Fahrzeug prompt vom Ständer. Weil der Mann festhält, bäumt sich das Moped auf, macht eine große Rolle und wirft den Piloten rücklings in den Straßenstaub. Der liegt reglos unter dem wieder verstummten Teil. Rund um die Piazza sind schlagartig alle Gespräche verstummt. Es ist unwirklich still. Als sich die Helfer in der Not dem Häufchen Unglück nähern, rappelt sich der Dompteur unter seinem störrischen Verkehrsmittel hervor und ruft vermutlich einen der gröberen Flüche. Vaffanculo, Stronzi! schreit er die Helfer an. Sofort setzt schallendes Gelächter ringsum ein, die lebhafte Vorstellung wird mit schadenfrohem Beifall bedacht. Die Helfer tun das, was ihnen empfohlen wurde. Vaffanculo! Sie verpissen sich. Der Mann schiebt sein Fahrzeug aus der Szene in eine Seitengasse. Der Motor jault noch dreimal auf, dann ist es still.

Ab unter die Laken, für morgen gibt es einen neuen Plan. Siena ruft.

ALABASTER UND PALIO

Viele der wieselflinken, allgegenwärtigen italienischen Motorroller haben ihre Wiege in Pontedera, lesen wir in unserem schlauen Büchlein, als wir an der Fabrik vorbeifahren. Brücke über den Era. Wozu Brücke, wenn doch nur ein Rinnsal zu sehen ist? Aber die Flussufer zeigen deutlich, dass sie manchmal wohl auch mehr zu halten haben.

Die Landschaft ist toscanisch, wenn es so etwas gibt. Pinien und Zypressen, Zypressen und Pinien. An den alten Straßen. An den neuen, schnellen Verkehrswegen scheinen die gleichen Planer gesessen zu haben, wie in den anderen europäischen Autoländern. Keine Alleen, keine Bäume, keine Baumunfälle. Internationale Logik der Autolobby.

Hin und wieder eine Stelle, die der Rekonstruktion noch nicht geopfert wurde. Eine hübsche Nebenstraße, vielleicht ist das ein Schleichweg nach Volterra? Tatsächlich, wir kommen von der falschen Seite in die Stadt des Alabasters. Der Heinrich, dieser Knasterbart, behauptet: Alabaster knarrt! Jugendsünde aus der Reimzeit.

Was ist eigentlich Alabaster?

Also, es ist so: Aus dem in großer Tiefe abgebauten Kalziumsulfat, volkstümlich auch mineralischer Gips, werden hier die kunstvollsten Formen geschnitten. Eine uralte Tradition...

Er war schon mal hier, schau mal, Mama, was er wieder alles aus dem Reiseführer auswendig gelernt hat.

Puh, ich muss meine Wissensperlen nicht vor die berühmten weiblichen Haustiere werfen. Schauen wir eben schweigend.

Abgesehen davon, dass alle ansässigen Geschäfte unser Geld gegen alabasterne Reiseandenken tauschen wollen, ist es wunderschön. Der Palazzo dei Priori, das alte Rathaus, wirkt wie eine Festung. Der Kontrast von Licht und Schatten in einer schmalen Gasse ruft geradezu nach fotografischer Fixierung. Und der Blick ins Land ist unvergleichlich.

Reißt euch los, wir haben noch ein gutes Stück vor uns bis Siena.

Die Strecke zieht sich hin. Zur Belohnung gibt es in Siena einen großen Parkplatz.

Kommt man von diesem Parkplatz ins Centro? Si, Signore. Von jedem Parkplatz, ist nur eine Frage der Entfernung.

Die Stadt ist einen Tag nach dem Großereignis schon wieder zur Tagesordnung übergegangen. Der schützende Belag auf dem Campo ist weg, das muss eine wahnsinnige Arbeit gemacht haben. Oh ja, wer hier in der Mitte des abfallenden Platzes steht, hört vielleicht den Palio. Sehen kann er ihn gewiss nicht. Da oben, seht ihr, da stand doch diese schöne Moderatorin.

Ja, ja, und hier unten standen diese schönen Pferde. Und die noch schöneren Fahnenschwenker.

Da sind wir ja wieder einmal quitt.

Das Fotografieren von Urlaubsansichten ist so schwierig. Man weiß gar nicht, wo man zuerst hin knipsen soll.

Lass es, Alter, wir haben die Fotos doch sowieso erst nächstes Jahr.

Ach was, setzt euch mal da auf die Brüstung, bisschen nach rechts, so, noch etwas in die Sonne, ich mache mal einen Schnappschuss. Wollen wir noch in den Dom?

Kannst du uns nicht einfach mal für einen Augenblick hier sitzen lassen und den Anblick genießen?

Na gut, wenn ihr unbedingt wollt.

Wo stand eigentlich das Auto?

Wo wissen wir nicht, aber bestimmt wieder voll in der Sonne.

Fünf Punkte.

Noch mal fünf, wenn mir jemand sagt, wie ich hier wieder aus der Stadt komme.

In Old Germany hätten sie dich schon, du bist eben dabei, durch das absolut gesperrte Zentrum zu kutschen.

Irgendwann dann doch der Stadtrand.

So, und nun noch nach San Gimignano, verlangt der Frauenchor, dort soll es so hübsch sein.

Jetzt noch? Meine Damen, ich habe Hunger.

Hör nicht hin, er will nur schnell in die Grotte. Zu Maura, der schönen Haustochter.

FERRARIS UND GROTTEN

Wie warm wird es heute? Keine Ahnung, jedenfalls nicht kälter als gestern. Die Italiener wissen schon, warum sie im Sommer in den Norden verreisen.

Wir fahren dann auch mal in den Norden Nach Montecatini Terme.

Klingt nach mondänem Badeort, alle Busunternehmer, so liest man, halten in Montecatini.

Die Damen ergeben sich in ihr Schicksal. Wenn wir noch einmal nach Lucca kommen, sind wir einverstanden.

Hat euch wohl gefallen, der antike Einkaufstempel?

Besser, als die Kulturtour.

Montecatini Terme ist wirklich sehr vornehm. Ein Parkplatz findet sich überraschender Weise in der Nähe des Zentrums. Parkähnlich umsäumte Alleen. Vor den Hotelauffahrten moderne Reisebusse und Seniorinnen, denen man die Höhe der Pensionsbezüge ansieht. Lederkoffer und Handtaschen, die ein Vermögen gekostet haben werden. Güldene Ketten auf Faltenhälsen, protzige Ringe auf dürren Fingern. Die Hauptstraße auf und ab nur Boutiquen und Juweliere. Eigentlich nichts für uns. Wir fahren weiter, nach oben. Nach Montecatini Alto. Ein reizender Marktplatz. Man sitzt draußen, schaut und lässt sich beschauen. Ein Espresso. Weiter nichts? Nein weiter nichts, wir besitzen leider keine Ölquelle, Maestro.

Lasst uns mal wieder hinunter fahren, der Vater bekommt beim Anblick der mediterranen Schönheiten in den Cafés noch einen Herzkasper.

Auf halbem Weg liegt eine Grotte. Eine richtige, mit Parkplatz im Schatten. Da halten wir noch einmal an, ja? Kurz davor donnert es hinter uns, grummelt, röhrt, pfeift und zischt. Im Rückspiegel die Geräuschquelle. Eine mobile Flunder. Ein knallrotes Etwas auf vier Rädern. Seht doch mal, nein, ehrlich... oh meine Güte...

Was hat er denn? Du wirst uns doch nicht krank?

EIN FERRARI!!

Ein echter Ferrari, einfach so, nur von uns gehindert, die Serpentinen hinunter zu schießen wie ein Projektil. An einer nicht gerade sehr breiten Stelle fährt er dann vorbei, ach was, katapultiert sich fauchend nach vorn. Der Fahrer um die vierzig, offenes Hemd, güldenes Kettchen, Sonnenbrille, braungebrannt... Den Damen scheint es für Augenblicke die Sprache verschlagen zu haben. Das also ist ein Ferrari. Eine automobile Ikone. Ferrari Maranelleo F 1, ungefähr 200.000 Euronen, wenn ihr wisst, was das heißt. Und der fährt hier einfach so herum...witscht vorbei im Zweiten, nur einmal, ein einziges Mal...wenn man doch könnte...ooh grundgütiger italienischer Autohimmel...

Hoffentlich kriegt sich der Dicke wieder ein, ich möchte hier nicht das Steuer übernehmen und mit einem kollabierten Fan nach Buti zurück kutschieren.

Auf dem Parkplatz der Grotte muss das so genannte Familienoberhaupt ermahnt werden, den immer noch offenen Mund erst einmal zu schließen. Dann darf er Tickets lösen für den Abstieg in die Unterwelt.

Ein Mädchen, ein zauberisch schönes, dunkelhaariges und sonnenbraunes Geschöpf, macht die Führung. Auf deutsch. Akzentfrei. Witzig. Erklärt die Entstehungsgeschichte. Kalkhaltige Wassertropfen tragen die Verantwortung. Stalagmiten stehen, Stalagtiten hängen.

Kann man sich prima merken, wie?

Grinse nicht so süffisant, Alter.

Das Mädchen, so knapp unter oder über zwanzig, trägt eine Art Rettungsweste über dem hautengen weißen T-Shirt und erklärt auf Verlangen seine Sprachkenntnisse. Deutsche Großmutter. Aus Berlin.

Kommen die zugewanderten Italiener alle aus Berlin?

Alle nicht, einige schon.

Wenn sie lacht, sieht sie ein bisschen so aus, wie die Freundin der Cousine vor knapp vierzig Jahren.

Frage doch dem Mädchen keine Löcher in den Bauch...

Aber warum nicht, ich unterhalte mich gern mit Ihnen. Die Oma wohnte in einem Ortsteil von Berlin, der hieß Lichterfelde.

Vielleicht sogar am Hindenburgdamm?

Kann schon sein, ich glaube, davon war sogar mal die Rede.

Heiliger Strohsack, der Dicke kann doch tatsächlich hinkommen, wohin er will, er kennt jemand. Bildet er sich ein.

Der Spott geht daneben, trifft taube Ohren.

Heißt die Großmutter vielleicht zufällig Charlotte?

Hieß Carlotta, ist gestorben vor zwei Jahren...

Die Welt ist auch in Italien ein Dorf.

Auf der Fahrt zurück nach Buti, vorbei an dem Pinoccio-Park in Collodi, trägt der Lenker wenig zur Unterhaltung bei. Der diplomatische Schachzug der Damen schafft Abhilfe.

Hier in der Gegend soll es berühmte Messerschmieden geben.

Ja, in Pistoia. Schaffen wir aber heute nicht mehr.

Die Zikaden streichen über die Flügel, was das Zeug hält.

Mauras Lächeln weckt den alten Goethe. Drei Zeilen aus dem "Faust", die man außer dem Osterspaziergang behalten hat.

"Ists möglich, ist das Weib so schön?

Muss ich an diesem hingestreckten Leibe

Den Inbegriff von allen Himmeln sehn?"

Sprachgenuss gratis. Auch Mauras Insalata mit Prosciutto-Streifen ist ein Genuss. Dazu Vino rosso aus dem hauseigenen Weinberg. Bella bella Italia! Wozu warten aufs Paradies?

Am nächsten Morgen haben die Damen gerötete Augen. Schlaf-
losigkeit? Kummer? Heimliche Tränen? Die schönen Italiener?
Ach was, die blöden Autofenster.

Wer dreht die denn immer nach unten...

Hör auf mit deiner Rechthaberei. Wahrscheinlich dieser Tem-
peratursturz in der Grotte mit deiner schönen Enkelin.

Das war nicht meine schöne, leider...

Schau doch mal in dein schlaues Buch, wir brauchen Taschentücher. Und weil wir zu zweit sind, brauchen wir viele.

Was heißt auf italienisch Taschentuch? Marco Polo hilf! Fund-
büro, Geldwechsel, Arzt... Ein ganzer Katalog von wichtigen Stich-
worten, sogar eine Seite mit Ausdrücken, che merda. Stronzo und
coglione sind sehr einprägsam, führen aber nicht zum Ziel. Tante... tanzen... tauschen, dazwischen hätte es stehen müssen, steht
aber nicht.

Nun geh mal los, du kaufst doch für dein Leben gerne ein.
Zeig, was du kannst, hol Taschentücher!

Ja aber erst mal zur Bank. Schecks einlösen. Und dann macht
man gleich eine Erfahrung gratis, die Sicherheit italienischer Geld-
institute betreffend. Eine Idee, so simpel wie wahrscheinlich wirksam. Man muss durch eine Schleuse von zwei automatisch verrie-
gelnden Türen. Eine freundliche Kundin hilft, indem sie auf die
Knöpfe zeigt, die nach einander bedient werden wollen. Dann
erst erreicht man den Innenraum. Der Herr Filialleiter besieht
die Schecks. So, so, Geld wolle man abheben mit Hilfe dieser
Zettel. Genau dazu sind sie gedacht, die Papierchen. Ja, aber bei
einer solchen Summe würde er gern eine Sicherheit haben. Dazu
müsse er anrufen. Wozu man denn das Geld brauche?

Gute Frage, Italien ist teuer.

Deutschland auch, sagt der Mann. Wo wohnen Sie denn, ich
habe Sie hier noch nie gesehen.

Man sieht ihm an, dass er die Unterbrechung des Alltags genießt. Ein Tedesco in Buti! Er wippt auf seinem modernen Bürosessel und wartet auf eine befriedigende Antwort.

Was soll das denn? Maffioso-Alarm? Vermutete Geldwäsche oder wie oder was? Wir wohnen bei Lehmanicos in der Alten Ölmühle, verehrter Signore.

Ja, dann, das hätte man doch gleich sagen können, da wäre das Problem sofort lösbar gewesen. Und er zählt endlich das Geld flink auf den Tresen. Schöne Ferien und schöne Grüße an Ulrico.

Im Tante Emma-, besser Tante Emilia-Laden gleich um die Ecke gibt es alles, so scheint es. Was ist denn das? Ein drehbarer Aufsteller mit Messern, gleich am Eingang, zieht magisch den Blick des Chefeinkäufers an. Ein Schinkenmesser, ein Super-Knife wird vorgemerkt für den dringenden Erwerb. Muss nur noch eine Begründung her, und zuvor die Taschentücher. Ha, da sind sie. Sogar ganz bekannte Marken. Wie heißen die? Fazzolettis, sagt die Verkäuferin, assistiert von drei Stammkundinnen, die den Fremden beäugen und zu jedem erklärenden Wort heftig nicken. Auch die Patronin sieht aus wie aus einem der alten Filme. Grauer Dutt, hohe Stimme, die Mutter vom Ganzen. Also dann ein Paket Fazzoletti, per favore. Oder besser gleich zwei. Duo, per favore, scusi due.

Angeblich sind kranke Männer unerträglich und fühlen sich bei dem geringsten Anzeichen einer Erkältung dem Tode geweiht. Wer aber jemals eine Frauenstation im Krankenhaus am Rande der Stadt mit zwei schniefelnden Frauenzimmern zu betreuen hatte, kann über diese Anwürfe nur lachen. Rote Augen, laufende Nasen, Schnupfgeräusche, verstreut liegende Papiertaschentücher, Pfefferminzteegeruch, kosmetische Reparaturversuche um die Nase herum und das alles garniert von vorwurfsvollen Blicken. Warum muss so ein Auto vier versenkbare Scheiben haben, wieso sind ausgerechnet wir ohne Klimaanlage unterwegs?

Die Antworten auf diese Fragen zögen unweigerlich Langzeitdispute nach sich. Die Erfahrung gebietet Schweigen, auch wenn einem nicht danach ist. Ablenkung tut not.

Was machen wir heute?

Du instinktloser Brutalo, siehst du nicht, wie hinfällig und pflegebedürftig wir sind? Zieh doch alleine los, wenn du unbedingt willst. Vielleicht möchtest du noch mal das Leben der Carlotta recherchieren in Montecatini? Wir brauchen jedenfalls einen Ruhetag.

Weibliche Diplomatie und psychologischer Schachzug mit Volltreffer. Das so genannte Familienoberhaupt hat den Schwarzen Peter oder, präziser gesagt, die Arschkarte gezogen. Geht er auf das Angebot ernsthaft ein, wird er garantiert als seelenloser Macho klassifiziert. Bleibt er, werden die Pflegeansprüche vom Tee kochen über gerade in dieser Situation sehr hilfreiche und deshalb von Fachleuten empfohlene Nackenmassagen bis zur Beschaffung neuer Taschentücher noch lange nicht ausgeschöpft sein. Im Grunde ist es völlig egal, wie er sich entscheidet. Die Weiberallianz siegt in jedem Falle.

Ach Meister, das alles ist dir doch nicht neu. Du hast es gewusst, als du freiwillig, sogar sehr freiwillig den zweiten Anlauf in die moderne Sklaverei genommen und alle Mahnungen wegen des Altersunterschiedes ignoriert hast. Wie du dir nichts sehnlicher gewünscht hast, als Zweisamkeit mit der Option auf Dreisamkeit. Als du nur Hohn und Spott für die Schlauköpfe hattest, die da behaupteten, die zweite Ehe sei der Sieg der Neugier über die Vernunft. Wie langweilig wären Höhenflüge ohne Wolkenlöcher und Turbulenzen. Füge dich also in die Rolle des Pflegers, diene den Damen, erzähle ihnen, dass rote Nasen eigentlich sehr sexy sind, bessere ihre Laune mit der Einladung in die Cafeteria gegenüber, wo es angeblich das beste Eis in der Pisaner Region gibt. Gelato, wie das schon klingt! Coppa assortita con panna! Wer da nicht auf der Stelle gesund wird, muss wirklich krank sein. Und für den zwangsläufig pausierenden Kutscher einen

Grappa extra zu dem caffé coretto.

Das hat er sich verdient, der Dicke.

Untrügliches Zeichen, dass die Laune auf dem Weg der Besserung ist. Also mal ganz vorsichtig den nächsten Tag ins Spiel gebracht. Wieder falsch.

Morgen? Das wissen wir doch heute noch nicht, wie es uns morgen gehen wird!

LUCCA ZUM ZWEITEN

Hat man je davon gehört, dass das Baden im Swimming-Pool gut ist gegen Schnupfen? Auch wenn das Wasser fast Körpertemperatur hat, das Rückfallrisiko ist sicherlich viel zu groß.

Du alter Miesmacher, wir wissen schon, was gut für uns ist. Also auf zur Ölmühle, zum Pool der Lehmanicos.

Die Schattenplätze sind besetzt. Ein sportlich braungebrannter Adonis in knapp sitzender hellblauer Badehose steigt aus dem Wasser. Bevor die Damen sich verstohlene Blicke zuwerfen können, enttarnt sich der vermeintliche Italiener mit einem typischen "nu genau" als Residenzsachse aus der Dresdner Gegend. Sing, mei Sachse, sing...

Die andere Familie, auch Vater, Mutter, Tochter, kommt aus Pfaffenhofen. Der Vater schnitzt. Heiligenfiguren. Sein Hobby, wie sich herausstellt Eigentlich ist er Staatsbeamter. Die Mutter liest, gibt freimütig zu, dass sie bayerische Grundschullehrerin ist, verteidigt auf ungläubige Anfrage den landesüblichen Gebrauch eines Bleistiftes als Schreibutensil der Erstklässler und scheint sich nicht genug darüber wundern zu können, dass man im Osten sogar Salinger lesen konnte. Die Tochter zickt aus Langeweile. Als die jungen Damen nach kurzer Erkundungsphase und unter Verzicht auf Konkurrenzgehabe in den Pool springen, zeigt sich, dass das Bayerndirndl gar nicht schwimmen kann. Die

Eltern sind peinlich berührt und vermuten, dass Schwimmen im Osten Teil einer vormilitärischen Schulausbildung war und man sieht ihnen an, dass sie den Wahrheitsgehalt des Dementis anzweifeln.

Der Sachse fotografiert mit Hingabe eine wunderschöne Blüte. Passionsblume. Sieht sie nicht aus, wie gemalen, ruft seine mit einem lächerlichen Strohhut gegen die Sonne gerüstete Gattin. Ansonsten sind die Sachsen sprichwörtlich helle. Eben richtige Elb-Florentiner! Sie ziehen erst abends los, typisch italienisch, und verbringen den heißen Teil des Tages am Pool.

Die entspannte Atmosphäre fördert die Schläfrigkeit. Und beflügelt die Phantasie und das Erinnerungsvermögen. So, wie die beiden jungen Damen da, so war auch Charlotte damals nicht aus dem Wasser zu bekommen. Das Freibad im Berliner Bäke-Park, mit einem Sprungturm ausgestattet, war neben den tieffliegenden Rosinenbombern die Attraktion in den Nachkriegsjahren. Man packte die Badehose eben nicht nur ein, um an den Wannsee zu fahren. Und auf dem Heimweg konnte es schon passieren, dass sich Charlottes Hand in die eigene schob und dort blieb, leicht und warm wie ein verirrtes Vögelchen... Damals hatte man zum ersten Mal den Beschützer-Trieb und dieses unbeschreibliche Kribbeln wahrgenommen. Lang ist´s her!

Der tiefe Seufzer wird von den boshaften Damen als Schnarchen diffamiert.

Am hellichten Tag! Willst du, dass die toscanischen Vögel ihr Luftschutzgepäck greifen oder gar tot vom Himmel fallen? So, nun mal los. Auf nach Lucca, mein Lieber, du hast es versprochen.

Tatsächlich ist die Hitze diesmal erträglicher. Gut so, denn Schatten gibt es auf dem Parkplatz auch nachmittags nicht. Sag mal, warum können wir nicht auch da unter den Bäumen innerhalb der Stadtmauern parken wie die anderen?

Weil wir da erstens nicht wohnen und weil wir zweitens die

Carabinieri nicht kennen. Und weil ich drittens mein Geld lieber für ein saltimbocca alla romana und einen Schoppen Ruffino ausgebe, statt für ein italienisches Strafmandat. Basta.

Hör dir das an. Viel fehlt dir nicht zum perfekten Italiener, Pappa.

Umgedreht wird ein Schuh daraus. Für einen perfekten Italiener hat er viel zu viel. Jedenfalls am Bauch, jauchzen die Damen im Chor und einige Passanten grinsen.

Ach ja, Lucca. Hier lässt es sich gut sein. Innerhalb der gewaltigen und gut erhaltenen Stadtmauern herrscht reges Treiben. Die Gassen sind voller Menschen. Einheimische und Gäste in bunter Mischung und trotzdem gut zu unterscheiden. Die italienischen Männer korrekt in dunkler Hose und weißem Hemd, die Damen scheinen sowieso allesamt Mannequins zu sein. Auffallend viele schlanke Beine auf hohen Absätzen, mehr Kleider und Röcke, als Hosen. Sie bewegen sich voller natürlicher Anmut wie auf einem historischen Laufsteg. Dazwischen die Touristen in ihrem unsäglichen und lächerlich saloppen Ferienaufzug, in dem man sich plötzlich nicht mehr richtig wohl fühlt.

Auch die Geburtsstadt von Giacomo Puccini hat ein altrömisches ovales Amphitheater, die Piazza del Mercato. In den Rundbögen des Erdgeschosses finden sich wunderschöne und elegante Geschäfte. Hier macht das Einkaufen Spaß, wird zum sinnlichen Vergnügen. Natürlich gibt es auch Messer in allen Variationen. Die Damen aber stehen vor den Modeläden, bewundern danach die außerordentliche Vielfalt an Schuhen und Lederwaren und kommen dabei auf eine maximale Bummelgeschwindigkeit von knapp zweihundert Metern pro Stunde. In einer der kleinen Gassen hat ein Blumenladen alles auf die Straße gestellt, was sich tragen lässt.

Wollen wir nicht ein kleines Ölbäumchen mitnehmen?

Wollten wir eigentlich nicht. Aber die Idee ist nicht schlecht.

Bitte erst auf dem Rückweg zum Auto, da sparen wir uns die Schlepperei in der Hitze.

Als wir das dann in die Tat umsetzen wollen, finden wir zuerst die Gasse nicht wieder und dann ist der Laden zu. Eine Nachbarin mit offenkundig telepathischen Eigenschaften erkennt unsere Not, deutet die hilflosen Blicke, hilft. Sie telefoniert die Besitzerin des Ladens herbei. Für ein einzelnes Ölbäumchen, das hätte ich in der Heimat erleben mögen.

Lucca wird bemerkenswert einhellig zur Perle der Toscana ernannt. Nicht ohne boshaften Kommentar. Wenn wir daran denken, dass du uns zuerst einen Industrievorort als Zentrum verkaufen wolltest...

Ist ja gut, man wird sich doch wohl mal irren dürfen.

GRÜß GOTT, LANDSLEUTE

Die zwölf Tage im August sind dann doch schneller vorbei, als man ursprünglich annahm. Also zurück in die heimatlichen Gefilde.

Wo wollen wir denn auf der Rückfahrt übernachten?

Mal sehen, knurrt der Cheffahrer und weiß doch schon, dass er fahren, fahren, fahren wird, soweit es nur geht. Raus aus dieser Affenhitze, in der man keinen vernünftigen Menschen nach Italien schickt, rüber über die Berge, rein ins bestimmt kühlere und feuchte Heimatland. Die vorletzten Lire werden in den Tank gesteckt, dazu noch ein paar eisgekühlte Flaschen aus dem Getränkeschrank in der Kühlbox gebunkert. Und den Rest bekommt der Junge, der die Frontscheibe so hingebungsvoll gewaschen hat. Dann geht die Post ab, quer durch Tirol, rein ins Bayerische. Auf der Höhe der Holledau nachtanken. Gut gemacht, feine Idee, denn schneller kann man sich nicht wieder eingewöhnen. Der Kassierer sieht aus wie Rübezahl und mag die Kartenzahler, diese hinterfotzigen potentiellen Betrüger, nicht. Bargeld lacht. Und die Kaffeetasse bleibt gefälligst hier drin und wird nicht etwa mitgenommen zum Auto. Könnte ja jeder sagen, dass man nur das adlige Brötchen von gestern nicht so trocken herunter würgen mag. Was ist denn das eurige für ein Nummernschild? Womöglich aus Preußen? Ja da geh her, hat man's doch geahnt. Aber hier herrscht Ordnung. Wo san mir denn?

Auf jeden Fall wieder zu Hause. Zurück aus bella Italia. In die Wirklichkeit gestoßen durch einen grantigen und schnauzbärtigen Bajuwaren. Da samma wieda!

Man kann nun endlich den Nachbarn verstehen, der jedes Jahr in wärmere Länder aufbricht und in Italien landet.

Wo nicht nur das Klima angenehmer ist.

Und plötzlich ist da eine Sehnsucht nach offenen Plätzen.

DIE HYGGELIGE TRILLEPIKE

1. KAPITEL: WIE MAN NORDLANDFAHRER WIRD

Was wollte ich doch gleich sagen? Ach ja. Die märkischen Gewässer sind wunderschön. Am schönsten sind sie im Sommer. Am allerschönsten sind sie in den Ferien. Warum also sollte man in die Ferne schweifen, wenn man ans Wasser will? Schweinesigi und Affenkulle würden sich kaputtlachen, wenn sie das hören, dass man ins Ausland fährt, um am Wasser zu sein. Affenkulles Vater hat ein olles Ruderboot in der Havel, von dem aus könnte man zu dritt angeln. Vielleicht beißt ja doch mal was anderes als so eine spillerige Jüster oder ein Barsch.

Eigentlich, sagt Schweinesigi, eigentlich sind Mädchen zu doof zum angeln. Aber bei mir würde er eine Ausnahme machen, weil ich doch von hinten sowieso schon aussehe wie ein Junge. Das hat gesessen, aber ich lasse mir natürlich nichts anmerken. Mir gefällt mein neuer Haarschnitt inzwischen, obwohl ich mich erst gar nicht daran gewöhnen konnte. Jan guckte wie ein Auto, als ich nach dem verlängerten Wochenende zur Schule kam. Aber dann sagte er tröstend: sieht eigentlich viel besser aus, als der Pony. Und sehen kannste jetzt bestimmt auch mehr. Schweinesigi fragte, ob ich aus Versehen in einen Mähdrescher gelaufen wäre und die Mädchen überlegten laut, welche Sängerin oder Schauspielerin im Augenblick mit so einer Frisur herumlaufen würde, wenn überhaupt.

Wenn die wüssten! Ganz freiwillig bin ich nicht mit zum Friseur gegangen. Vati hat jeden Tag gemeckert, dass ich doch mal reinkommen soll und nicht nur von draußen durch die Gardinen gucken.

Das beste wäre, die Loden kämen ab!

Mutti hat mich wie immer in Schutz genommen.

Jetzt haben wir sie so lange wachsen lassen und nun sollen sie abgeschnitten werden? Ich bin dagegen.

Ja, und dann rief Verenas Mutti ganz aufgeregt an. Läusealarm! Mutti sah sofort nach und da hatten auch wir die Bescherung. Im Mikroskop sehen die Biester richtig gefährlich aus mit ihren Beißwerkzeugen! Nach der dritten Kopfwäsche mit diesem Stinkezeug aus der Apotheke lebten immer noch welche.

Hab ich es nicht gesagt, schnauzte der Vater. In diesen Zotteln fühlen sich die Viecher doch so richtig wohl. Da gibts nur eins: abschneiden.

Ja aber nicht beim Friseur, sagte Mutti, die dürfen das nämlich nicht, wenn man befallen ist.

Befallen, befallen, knurrte der Vater. Vielleicht erzählt ihr mir demnächst, dass Frauke ein Biotop auf dem Kopf hat. Ich rede mal mit Gerhard, der schneidet seinem Dackel immer die Haare mit der Maschine, der kann das.

Untersteh dich, rief Mutti, soll sie herumlaufen wie ein frisch getrimmter Schoßhund?

Hauptsache kurz und ohne Lebewesen, alles andere ist mir egal.

Ehrlich, so kam ich eigentlich zu dem Haarschnitt, der inzwischen aber modern ist. Und weil man Vati ganz schnell um den Finger wickeln kann, habe ich noch eine Zeitung mit Pokemon-Stickern abstauben können, als Dank für das schnelle Einverständnis. Mutti schlug die Hände über dem Kopf zusammen, als sie mich sah.

Seid ihr wahnsinnig, mein schönes Kind so zu verunstalten?

Inzwischen haben sich aber alle an den Anblick gewöhnt, so, wie Vati es vorausgesagt hat.

Einen schönen Menschen entstellt nichts, und ich habe ja wohl ein schönes Kind, oder?? Niemand wagte zu widersprechen. Erst recht nicht ich. Schönes Kind, das sagt selbst der beste aller Väter nicht so oft.

Für den Urlaub ist das geradezu ein idealer Haarschnitt, wirst du sehen. Keine Probleme beim Baden, keine Sichtbehinderung beim Tauchen und lesen kannst du auch wieder ohne Sturzhelm oder Haarspange. Die beste Vorbereitung, um also in den Ferien vergnügt in See zu stechen.

Das mit dem Seestechen musste ich mir erst erklären lassen. Es heißt aber nichts weiter, als dass man sich an Bord eines Schiffes begibt. Bei Vati kommt in solchen Sätzen immer der verhinderte Seefahrer durch. Als Vierzehnjähriger wollte er nach Australien oder Kanada durchbrennen, aber er ist nur bis nach Berlin gekommen, da hat ihn das Heimweh gepackt und zurückgetrieben. Sagt er jedenfalls. Ich denke, der wäre auch gar nicht weiter gekommen ohne Geld und ohne jemanden an seiner Seite, der sein Talent zum Planen und Vorbereiten so richtig gewürdigt hätte. Angeblich sind alle Männer so. Das sagt jedenfalls Mutti, wenn wir die jährliche Urlaubsplanung über uns ergehen lassen müssen. Meistens so um Weihnachten herum passiert es immer.

Wir sitzen ahnungslos am Mittagstisch und mampfen etwas Feines, da kommt dann der große Augenblick.

Sagt mal, ihr Lieben, wo fahren wir eigentlich nächstes Jahr im Urlaub hin?

Vati tut tatsächlich so, als hätten wir alle ein Mitspracherecht. Dabei steht es für ihn meistens schon fest, wo es hingeht. Nach Norden nämlich. Das maritime Skandinavien ist wunderschön, wir können das Lied schon singen! In Wirklichkeit ist es ihm bloß zu heiß in den südlichen Ländern. Er ist nämlich ein bisschen füllig, nicht direkt dick, aber doch ganz schön und die Dicken schwitzen nun mal leichter als alle anderen. Wie Schweinesigi zum Beispiel. Der hat Übergewicht, und deswegen bewegt er sich auch nur wie ein Schwergewichtsboxer. Wenn Mutti auf Vatis Körperfülle anspielt, dann behauptet er jedesmal, dass von einem guten Menschen gar nicht genug da sein kann. Mutti jedenfalls hat den Kanal voll von den feuchten und meistens auch kühlen Nordlandreisen. Also schlägt sie immer den Süden vor. Aber dann kommt Vati in Fahrt.

Ach, seit wann könnt ihr denn italienisch oder französisch oder spanisch oder griechisch? Na also, ich nicht und verhungern wollt ihr doch nicht, oder?

Mutti schmeichelt dann immer. Du mit deinem Sprachtalent, das wirst du doch wohl noch hinbekommen. Und so verständlich ist ja nun dein Schwedisch auch nicht, oder? Damit spielt sie auf einen Vorfall an, den Vati immer noch nicht verwunden hat. Eigentlich wollte er in Schweden ein Schnupfenmittel kaufen. Aber der Laden, den er sich ausgesucht hatte, war keine Apotheke. Er sah nur so aus. In Wahrheit konnte man dort Schnaps kaufen. Das heißt, wenn man Schwede ist. Tatsache, die saßen da mit einem Zettel in der Hand und warteten brav, bis sie ihr Quantum abholen können. In Schweden ist nämlich der Alkohol eingeteilt. Oder rationiert. Wie bei uns nach dem Krieg die Butter, sagt Vati. Aber deswegen bechern die Schweden nicht weniger, sie haben nur feinere Methoden entwickelt, wie sie zu ihrem Schnabbes kommen. Ja, ja, lacht Vati immer, wenn das Thema angeschnitten wird, so erzieht Mutter Natur ihre Geschöpfe zur Schlauheit.

Vati hat meistens doch das letzte Wort. Oder den rettenden Einfall. Im letzten Jahr durften alle ihr persönliches Urlaubsziel auf einen kleinen Zettel schreiben und dann wurde gelost. Vatis alter Hut war der Lostopf. Ich war die Glücksfee. Und was habe ich gezogen? Norwegen! Da waren wir ja nun überhaupt noch nicht. Vati jubelte, holte den Atlas und einen Stapel Reisekarten, die sich rein zufällig fanden, und schon begann die planerische Phase. Landmarsch bis zur Nordspitze Dänemarks und dann tatsächlich in See stechen. Mit der Fähre auf großer Fahrt! Skagerak und Kattegat. Nordsee und Atlantik, Trolle und Wikinger. Mutti prüfte heimlich nach, ob nicht etwa überhaupt nur Norwegen-Lose im Hut steckten. Sie hatte sich nämlich für Machorca entschieden und ich für Spananichen. Egal, wie sich das schreibt, Hauptsache Sonne, Hauptsache warm. Hast du doch gar keine Klamotten dafür, knurrte Vati, und wer am liebsten Jeans trägt, gehört sowieso in das Pulloverland.

Bald stapelten sich die Fahrpläne für die Fähren und die Norwegenkarten auf Vatis kleinem Schreibtisch. Je näher die Ferien kamen, um so öfter radelte er mit so einem niedlichen Kurvenmesser über seine Landkarten und plante die Fahrt. Hier müssen wir um fünf Uhr früh sein, hier um zwölf, und hier könnten wir eine Pause machen. Eine Stunde vor Abfahrt wird eingecheckt. Ja, sagte Mutti, und zwischendurch wird eingekackt, weil du wieder nicht anhalten willst, wenn wir Weibsen mal müssen.

Papperlapapp, sagte Vati, ohne ein gewisses Quantum an Planung läuft so eine weite Reise nicht. Immerhin eintausendfünfhundert Kilometer! Ein krasser Kanten!

Wo hast du denn plötzlich solche Ausdrücke her? forschte Mutti. Aber Vati reagierte nicht.

Du kümmerst dich um die Bettwäsche und die Klamotten, ich plane die Fahrtzeit und die Tankstopps.

Ay ay, Sir, erwiderte die klügste Mutter aller Zeiten und man sah deutlich, dass sie sich ihr Teil dachte. Plan du mal ruhig, es kommt sowieso immer anders.

Und so war es auch.

In aller Herrgottsfrühe sausten wir am ersten Urlaubstag auf die dänische Grenzstation zu. Ich durfte nicht weiter schlafen, sondern musste mich gerade hinsetzen, bis wir an der Kontrolle vorbei waren.

Als ob sich jemand vom Zoll dafür interessiert, ob wir den Gurt umhaben, maulte die Mutter.

Aber wenn doch, dann musst du den Urlaubsgurt ein bisschen enger schnallen und das wird dir nicht gefallen, gab Vati zurück. Und die feinen dänischen Lakritzen kannst du dir dann auch aus dem Kopf schlagen.

Das half.

Trotzdem wurde Vati nach geraumer Zeit immer unruhiger. Er bot von selbst eine ausgedehnte Mittagspause an.

Ich denke, wir haben es eilig? fragte Mutti verwundert.

Macht nur, macht nur, alles im Plan.

Ja denkste, von wegen Plan. Statt am frühen Morgen waren wir schon abends um halb sieben in Hirthals am Fährhafen. Und warum? Weil einfach in Dänemark keine der eingeplanten Autobahnbaustellen vorkommen. So ist das.

Und nun?

Lasst mich nur machen, rief der Vater und dann erzählte er ein bisschen mit der schicken jungen Dame am Fahrkartenschalter. Und wirklich. Wir wurden noch auf das Schiff gewinkt, für das wir eigentlich gar keine Fahrkarten hatten.

Und so kamen wir genau zur Geisterstunde in Norwegen an. Am Hafen stand eine Nachtwächterin in einem historischen Kostüm, ausgerüstet mit Sturmlaterne, Helm und Hellebarde, und winkte den Fährpassagieren zu. Sie stand unter einem Vordach, um nicht nass zu werden. Im Schein der Hafenlampen waren richtige Wasserschleier zu erkennen. Es regnete nämlich in Strömen! Um es vorwegzusagen: es regnet in Norwegen oft in Strömen. Genauer gesagt: es regnet fast immer. Angeblich muss man zehnmal hinfahren, um einmal gutes Wetter zu erwischen. Sagte der Bauer Sten-Gunnar, bei dem wir unser Ferienhäuschen gemietet hatten. Und bei dem wir natürlich auch viel zu früh ankamen.

Aber soweit sind wir noch nicht.

2. Kapitel: In Norwegen ist alles anders

Gut, dass ich die Straßenkarte mal wieder im Kopf habe, behauptete Vati und umrundete trotzdem den Kreisverkehr in Kristiansand zweimal, bevor er sich für die richtige Europastraße entschied. Es war aber auch dunkel. Finster wie im Bärenarsch, knurrte unser Chauffeur.

Was murmelst du da schon wieder? fragte die stets um unsere Ausdrucksweise besorgte Mutter. Als sie merkte, dass bei den bergigen Serpentinen ein hohes Fahrtempo unmöglich war, lehnte sie sich im Sitz zurück und gab das anstrengende Starren in die Finsternis auf. Fahr bloß vorsichtig, murmelte sie noch, dann fielen ihr die Augen zu. Ich fragte mich im Stillen, wie man bei diesem Wetter überhaupt etwas erkennen konnte. Ehrlich gesagt bewunderte ich meinen Vater, der in der fremdem Gegend herumkurvte, als wenn er hier früher die Brötchen ausgefahren hätte. Das gleichförmige Ballett der Scheibenwischer sorgte dafür, dass auch mir bald die Augen zufielen. Ich wurde munter, als unser Auto an einer hellerleuchteten Tankstelle hielt. Keine Menschenseele weit und breit, knurrte der Vater, und tanken kann man nur mit einem Zettel. Womit? fragte Mutti und die Frage klang nicht sehr interessiert.

Die haben hier ein Kartensystem, wir aber haben keine passende Karte.

Na und, sagte Mutti verschlafen, dann fahr doch weiter.

Ja, aber nicht mehr lange, der Sprit geht allmählich zur Neige.

Im Anbetracht der Aussicht, auf einer regennassen norwegischen Straße ohne Benzin auszutrudeln, verkniff sich Mutti die sonst sicherlich fällige Bemerkung, was denn das für eine Planung sei. Vati muss die Frage aber geahnt haben. In Norwegen ist eben alles anders. Die Straßen sind kurvenreicher als ein Backfisch, es geht immerzu durch die Berge und da kommt man nicht nur langsamer vorwärts, man braucht auch mehr Kraftstoff als gewöhnlich.

Jetzt setzte sich Mutti vorsichtshalber doch gerade hin.

Und nun?

Wir brauchen zuerst einmal einen Bankautomaten, die umgetauschten norwegischen Kronen haben bei den Preisen hier schon die Schwindsucht, bevor sie überhaupt ausgegeben sind. Und dann suchen wir eine Tankstelle, die auch nachts geöffnet hat. Alles klar?

Alles klar, Chef. Mach man. Aber so, das es geht.

In einem kleinen Städtchen mit dem lustigen Namen Flekkefjord gab es einen gutwilligen Bankautomaten, der die geforderte Summe mitten in der Nacht bereitwillig hergab. Erste Hürde geschafft. Der Vater platzte vor Stolz. Die zweite, nämlich die offene Tankstelle, erwies sich als schwieriger. Da kam einfach keine. Es war stockdunkel und regnete Schusterbuben, als der vorsorgliche Vater irgendwann endlich an einer ebenfalls noch geschlossenen Tankstelle ein Rastplätzchen suchte und sich aufmachte, die Öffnungszeiten zu erkunden. Ein Zeitungsfahrer, den er befragen wollte, zeigte auf das Schild neben der Tür. Noch zweieinhalb Stunden, vor sieben Uhr früh ist nichts zu machen. Also ein Schläfchen im Auto. Das konnte heiter werden.

Der Regen trommelte geradezu infernalisch auf das Autodach. Und bei jeder Bewegung eines Passagiers wackelte die treue Kiste wie bei einem Erdbeben. Behauptete jedenfalls der feinfühlige Vater.

Da kann man doch keine Mütze Schlaf fangen, nehmt euch mal zusammen.

Gut, dass mir niemand den Platz auf der Rückbank streitig machte, so konnte ich mich schön in meine Reisedecke kuscheln. Und von weißen Schiffen auf den sonnigen Fjorden träumen.

Wach wurde ich erst wieder, als Vati die Tür zuschlug und der fassungslosen Mutter erklärte, dass er soeben runde fünfhundert Kronen in den Tank geschüttet hätte.

Wieviel? Kein Zweifel möglich?

Nein, so sind hier die Preise.

Heiliger Strohsack, gut, dass wir ein paar Konserven mitgenommen haben.

Im Hellen konnte man erkennen, welche herrliche Landschaft uns umgab. Trotz des fortdauernden Regens stellte sich das Gefühl ein, durch eine Märchenlandschaft zu rollen. Es hätte mich nicht gewundert, wenn hinter der nächsten Kurve ein paar Trolle über die Straße gehüpft wären. Und selbst an kleineren Gebirgsvorsprüngen entdeckte ich lustige Wasserfälle, die sich mutig in die Tiefe stürzten. Kurz gesagt, mir gefiel Norwegen schon jetzt. Obwohl tatsächlich alles ganz anders war, als zu Hause.

Nach dem Durchfahren eines grandiosen, natürlich mautpflichtigen Straßentunnels, der hinter Stavanger steil bergab und bergauf einen Fjord unterquerte und nach einer Fährfahrt über einen weiteren Wasserlauf wurde Vati schon dreister, was das Tempolimit betraf.

Ich denke, du darfst hier nur achtzig fahren, besorgte sich die Mutter. Keine unnötigen Kosten bitte! Denn wenn das so weiter geht mit dem Maut bezahlen und den Fähren, dann werden wir nach unserem Urlaub sowieso völlig mittellos dastehen.

Der Vorwurf prallte an unserem Familienoberhaupt wirkungslos ab. Seht mal, rief er aufgeregt, dies da muss schon der Etne-Fjord sein. Wir sind fast am Ziel.

Und das fünf Stunden zu früh, obwohl wir die letzten vierhundert Kilometer nicht gerade im Renntempo abgespult hatten.

3. KAPITEL: HANDELT VON DICKEN DORSCHEN

Die kleine Straße nach Oevsteboe stieg ziemlich steil an.

Hier sollen wir richtig sein? sinnierte Mutti leise vor sich hin.

Aber Vati war in seinem Element. Schau dir das Haus da an, genau so wie im Katalog. Das ist es, jede Wette.

Aus dem Haus trat eine sichtlich erschrockene alte Frau, die Mutter des Besitzers, wie sich herausstellte. Sie verstand ganz gut unsere Sprache und den Rest erledigte Vati mit seinem internationalen Seefahrer-Englisch. Wir are kommend from Germanien. Ja, aber Sie kommen zu früh, wir haben erst am Nachmittag mit Euch gerechnet. Sie können Ihre Sachen schon nach oben tragen, unten wische ich noch.

Quer über die große Wiese vor dem Haus kam ein wuscheliges Bündel angeschossen. Es entpuppte sich beim Näherkommen als Hund.

De eer Flock, rief die Großmutter, aber da hatten wir beide uns schon begrüßt und offensichtlich gegenseitig sympathisch gefunden. Später zeigte sich, dass Flocki geradezu verrückt war nach meinen Federbällen.

Vielleicht war es gerade das Regenwetter, was das Haus so gemütlich machte. Vati hatte im Keller einen Holzvorrat entdeckt und bald bullerte das kleine Öfchen im Wohnzimmer nach Herzenslust. Aus dem Fenster hatte man einen wunderbaren Blick über den tief unten liegenden Fjord. Das wäre was für Kalle und Kulle, die Angelfreunde.

Warum eigentlich nur für die zwei? Ich hatte da so eine Idee.

Am nächsten Tag wollte Vati unbedingt in die Hafenstadt Haugesund. Mutti auch, sie suchte eine Drogerie. Und mir fiel auf, dass in der Hafenstraße ein Angelgeschäft neben dem anderen lag.

Nur eine ganz kleine Stipprute, Vati, so als Urlaubs-Taschengeld-Ersatz, ja?

Na meinetwegen, wenn ihr mich mit diesem Vergnügen verschont. Ich habe einmal so eine Angel in der Hand gehalten, das war die langweiligste Stunde meines Lebens.

Versprochen, du musst nicht mitkommen.

Der Verkäufer zeigte auf mich. For the young Lady? fragte er und dann hatte ich eine Juniorangel mit Rolle und allem Zubehör. Geiles Teil! Kalle und Kulle würden platzen vor Neid, wenn sie das High-tec-Gerät erblickten.

Es regnete immer noch, als Mutti und ich uns aufmachten ans Wasser. Und dann erlebten wir ein Abenteuer wie im Kino. Kaum hatten wir die Angel zum ersten Mal ausgeworfen, hing auch schon was am Haken. Etwas sehr Schweres, wie sich zeigte. Es war das Seil des Bootes, welches da am Steg festgemacht war. Der erste Haken war also schon mal futsch. Die Finger wurden klamm, der kalte Regen fand seinen Weg hinter dem Kragen der Regenjacke den Hals hinunter und kam unten an den Hosenbeinen als Warmwasser wieder heraus. Aber das alles war vergessen, als die Pose zuckte. Etwas knabberte an unserem Regenwurm herum. Hoch mit der Angel und siehe da, ein Fisch hing am Haken. Er war so hässlich, dass wir ihn sofort wieder ins Wasser beförderten. Mir kam es so vor, als hätte uns der Knurrhahn noch rasch einen Vogel gezeigt, bevor er wieder im Fjord abtauchte.

Beim dritten Versuch hatten wir ihn, den Traumfang. Einen riesengroßen Fisch, so lang wie Muttis Unterarm und dabei rund und dick. Den nehmen wir, den oder keinen! rief Mutti. Schau

mal weg! Dann griff sie sich einen Knüppel und zog dem Pracht-
burschen mit abgewandtem Gesicht eins über den Deetz. Wahrscheinlich hatte sie Angst, dass ich gegen das gewaltsame Beute-
machen wäre. Stolz trugen wir unseren Fang zum Ferienhaus.
Die Angler aus dem Nachbarbungalow, die nur nach Norwegen
fahren, um ihrer Leidenschaft zu frönen, klärten uns auf. Ein
Dorsch. Oder auch Kabeljau. Fast schon ein Verwandter vom
edlen Lachs. Als sie erfuhren, wo wir den geangelt hatten, sprangen sie in ihren Kombi und sausten talwärts. Wir platzten vor
Stolz, als Vati unseren Fang bewunderte. Der Fisch passte kaum
in die Pfanne, aber er schmeckte wunderbar. Da gehen wir morgen gleich noch einmal los, plante Mutti.

Aber aus dem Plan wurde nichts. Einen dicken doofen Dorsch
fangen kann jeder, las Vati später lachend aus dem Reiseführer
vor. Die hohe Schule aber ist der Lachs. Für den braucht man
allerdings eine Fanggenehmigung! Und da hatten wir keine Lust
mehr, uns dem Regen auszusetzen.

Am nächsten Tag unternahm ich einen Streifzug durch die kleine Ansiedlung am Fjord. Auf der Straße begegnete mir ein Mädchen, ungefähr so alt wie ich, das einen ziemlich großen Kinderwagen vor sich her schob.

Ich versuchte es mit einem internationalen "Hi" und hatte auf
Anhieb Erfolg. Das Mädchen blieb stehen und redete sofort los.
Snakker du norsk? fragte sie mit schräg gehaltenem Kopf. Es
dauerte ein paar Minuten, bis sie begriff, dass ich kein Wort verstanden hatte. Alle Norweger können englisch, hatte Vati behauptet, als er noch in der Planungsphase war. Den ersten Schock
hatte er in der ersten Nacht an der Tankstelle bekommen. Weder
der Zeitungsfahrer, den er nach den Öffnungszeiten fragen wollte noch die junge Tankwartin hatten ihn verstanden. Ich versuchte es trotzdem.

I´m from Germany, hörte ich mich zum eigenen Erstaunen
sagen.

Oh, antwortete das Mädchen, jeg kommer fra Norge. Hva heter du?

Dass sie aus Norwegen komme, leuchtete mir sofort ein. Es hörte sich so an, als hätte sie nach meinem Namen gefragt. Also zeigte ich auf mich und sagte: Frauke!

Oh, sagte das Mädchen wieder und es klang, als hätte sie diesen Namen für ein Mädchen nicht vermutet. Dann zeigte sie erst auf sich. Ingrid! Dann auf die Kinderkutsche. Det er Niklas og Celine. Twillinge.

Das sah ich jetzt auch und wunderte mich, wie gut ich das Mädchen verstand. Vielleicht hatte ich Vatis Sprachtalent geerbt. Wir liefen ein Stück nebeneinander her. Dann blieb das Mädchen stehen für eine sehr wichtige Mitteilung.

Jeg er Trillepike, sagte sie, zeigte auf sich und nickte zur Bestätigung ein paar Mal mit dem Kopf. Komischer Name.

Heißt du wirklich Trillepike? Ich dachte Ingrid?

Sie schob demonstrativ den Kinderwagen hin und her. Ich lachte. Also ein Mädchen, das einen Kinderwagen spazieren fährt, nennt man in Norwegen Trillepike. Musste man sich merken.

Plötzlich blieb sie stehen, zeigte auf sich und den Wagen, zeigte auf ein weiter entfernt stehendes Haus und sagte:

Dessverre, jeg ma ga na. Ha det bra! Du er hyggelig. Ha det!

Sie musste also nach Hause. Nach ein paar Metern blieben wir wie auf Kommando stehen und winkten uns noch einmal zu. Nette Leute, die Norweger.

Am Abend waren wir bei Oma Klara eingeladen. Ihr gehörte eigentlich das Ferienhäuschen, sie hatte früher sogar mit ihrem Mann darin gewohnt. Vati erwiderte die norwegische Gastfreundschaft mit einem fürsorglich mitgebrachten Fläschchen Wein. Die Gespräche der Erwachsenen können manchmal sehr langweilig sein. Aber ich hörte dann doch ganz gespannt zu, als Vati ungewöhnlich vorsichtig auf ein Thema zusteuerte, das ihm offensichtlich am Herzen lag. Was hatte die Oma Klara im letzten großen Krieg unter der deutschen Besetzung erlebt, wie war es ihr ergangen? wollte er wissen. Mutti zog die Augenbrauen hoch, ein Zeichen dafür, dass sie ihren Mann wieder einmal gern zurückgepfiffen hätte. Musst du den Leuten so auf die Nerven gehen, schien der Blick zu sagen. Aber die Oma Klara hatte kein Problem mit der Antwort. Sie war nicht eingesperrt worden in ein Lager, sie hatte nicht unter der Besatzungsmacht zu leiden und sie hatte offenbar mit Deutschen zu tun gehabt, die die Bevölkerung respektierten. Das war wohl nicht überall so der Fall gewesen, sie aber hätte keinen Groll. Und die Gäste aus Deutschland, die sie bisher beherbergte, waren ihr auch nicht unangenehm aufgefallen. Vati schien ein Stein vom Herzen zu fallen und Mutti konnte es sich spät am Abend nicht verkneifen, den Besuch auf ihre Art auszuwerten. Musst du immer solche Themen anschneiden, du Hobbyhistoriker! Was wäre denn gewesen, wenn sie auch Freunde oder gar Verwandte verloren gehabt hätte?

Ich wollte es einfach wissen, knurrte Vati und man merkte am Tonfall, dass die klügste Mutter von allen wohl wieder einmal erzieherisch wirksam geworden war.

Dafür wirst du uns morgen zum Gletscher kutschieren. Wenn wir schon hier sind, dann werden wir auch den Folgefonna, den größten Eisberg in Südnorwegen, in Angriff nehmen.

Übernehmt euch nur nicht, murmelte Vati, aber dann schlief er auch schon und sägte bald darauf, dass man um das Holzhaus der Oma Klara fürchten musste.

4. KAPITEL: STEILE BERGE UND WASSERFÄLLE

Am nächsten Morgen fehlte etwas. Es dauerte ein Weilchen, bis wir begriffen, was es war. Es regnete nicht.

Vati hatte es eilig mit seinem Vorschlag.

Zuerst mal zu dieser Stabkirche in Roeldal, einverstanden?

Ja, aber danach schnurstracks zum Gletscher, verlangte Mutti.

Es war ihnen wieder einmal gar nicht aufgefallen, dass sie mein Einverständnis stillschweigend voraussetzten.

In Norwegen scheinen alle kleineren Straßen erst einmal bergan zu führen. Je höher man kommt, desto schmaler sind sie auch. Und ganz oben lag sogar noch Schnee, der für eine zünftige Schneeballschlacht im August reichte. Vor einer Kurve sagte Vati vergnügt: Jetzt fehlt nur noch ein Bus von vorne... Es waren dann aber zwei. Keine Busse, dafür Holländer mit Wohnwagen für Großfamilien. Nun ging erst einmal gar nichts mehr. Umständlich wurden die Außenspiegel angeklappt, dann schlichen die automobilen Ungetüme vorsichtig aneinander vorbei.

Das hätten wir, schnaufte Vati. Plötzlich bemerkte er die weißen Knöchel an der Hand seiner Frau, die den Türgriff umklammerte, und ihre weit aufgerissenen Augen.

Ist was? erkundigte er sich mitfühlend wie selten. Und Mutti stotterte plötzlich.

Wenn du...hier rechts...das geht vielleicht abwärts...oh Gott, fahr bloß langsam!

Tatsächlich, ganz unten im Tal war eine spielzeuggroße Ansiedlung zu entdecken. Zwischen uns und dem Abgrund ein halber Meter Fahrbahn, mehr auf keinen Fall. Spannende Geschichte, wenn man sich den Winter vorstellt, wo dann nur die dünnen rot-weißen Stangen im Schnee die Wegemarkierung übernehmen. Stolz wie ein Spanier brauste Vati unten durch eine nicht enden wollende Tunnelkurve und hielt auf dem Parkplatz vor der Kirche. Seht mal, da oben waren wir gerade noch. Wollen wir nicht was essen?

Dass du jetzt ans Essen denken kannst, stöhnte Mutti, mir ist immer noch ganz schlecht.

Gut, dann zuerst die Kirche.

Die war sehr beeindruckend. Völlig aus Holz, wie aus einem Spielzeugbaukasten, ganz anders als bei uns. Kein protziges Kirchenschiff, eher ein gemütlicher Versammlungsraum mit einer Orgel. Es geht also auch ohne Pomp und Bleiglasfenster, wenn man mit seinem Gott sprechen will. Und dann standen wir wieder draußen.

Da sich inzwischen ein ganz ganz scheuer Sonnenstrahl durch die Wolken zwängte, konnte Vati der Versuchung eines Picknicks im Freien nicht länger widerstehen. Die Mutter sollte einen schönen Sitzplatz aussuchen, und wir beide kümmerten uns um das Freiluft-Menü.

Wir probieren mal den Lachs mit Rührei, das soll eine norwegische Spezialität sein.

Vati zwinkerte mir verschwörerisch zu. Der Lachs war super, das Rührei kam seltsamer Weise aus dem Kühlschrank und das Ganze kostete ein Vermögen.

Halt bloß den Mund, wenn Mutti fragt, was wir hier eben bezahlt haben!

Die Frage kam natürlich, bevor die Teller richtig standen.

Och, ging so, murmelte Vati und stieß mir unter dem Holztisch gegen das Schienbein. Dachte er. Getroffen hatte er aber leider Muttis Bein und da ging sie dann nach dem Essen selbst erst einmal los, um die Preistafel zu inspizieren.

Du musst verrückt sein, warf sie dem armen Vater vor.

Der konterte. Erstens haben wir Urlaub, zweitens war das eine landestypische Spezialität und drittens bist eigentlich du zuständig für Speis und Trank. Ich habe genug mit dem Fahren zu tun, wie du dich erinnern wirst.

Mutti schwieg und ich machte mir Sorgen, dass sie vielleicht krank sein könnte. Normalerweise hätte sie Vatis Ansprache nämlich kommentiert. Vielleicht hatte sie aber auch gar nicht zugehört und ihre Gedanken kreisten schon um den Gletscher.

Einige tunnele und fossen – so heißen die Tunnel und Wasserfälle – weiter, bot sich der erste Blick auf den Gletscher Folgefonna, der fast vierzig Kilometer lang ist, bis zu eintausendsechshundert Metern aufragt und schon seit der letzten Eiszeit hier herum liegt.

Ein echter Gletscher! Mutti war ganz aufgeregt. Den besteigen wir natürlich.

Erst müssen wir mal den Gletscherparkplatz finden, knurrte Vati, der sich wohl schon überlegt hatte, dass die Besteigung nicht ohne mühselige Kletterei abgehen würde.

Und dann kam alles wieder einmal ganz anders. Kaum waren wir zehn Minuten unterwegs, da fiel unserem Familienoberhaupt siedend heiß ein, dass er nach der letzten Tunnelmaut das Portemonnaie im Auto abgelegt hatte. Auf der Mittelkonsole, um es nicht zu vergessen.

Und da lag es immer noch. Hoffentlich! Jedenfalls hastete der fürsorglichste Planer aller Zeiten in großen Sprüngen zurück zum Auto. Alles paletti, nichts gemopst, nichts aufgebrochen. Nur die Luft war ein wenig knapp geworden bei der Eskapade. Er musste sich also erst einmal auf der Bank am Gletscherkiosk von dem Schreck erholen. Mutti hatte es vorausgesehen. Lass uns mal weiter klettern, wie ich meinen Mann kenne, wird er sich so schnell nicht an unsere Vefolgung machen.

Ehrlich gesagt, nach einer Stunde Kletterei und Hangelei an vermoderten Seilen, nach kühnen Sprüngen über Eisspalten und Rinnsale, beneidete ich den schlitzohrigen Vater. Nach einer weiteren halben Stunde blies die verhinderte Alpinistin die Aktion ab.

Hör zu, Frauke! Auch wenn Vati es nicht glauben sollte: wir waren da oben! Alles klar?

Ich denke, ich darf nicht schwindeln...

Die Lüge, mein Kind, ist ein kompliziertes Gebilde. Das hier fällt höchsten unter falsche Auskunft, also nicht einmal Notlüge. Alles klar??

Vati verteidigte sich nur schwach. Wenn das Portemonnaie weg gewesen wäre, das Drama hätte ich nicht erleben wollen.

Mutti wäre nicht die gefürchtete Diplomatin, wenn sie nicht längst einen neuen Plan gehabt hätte.

Dafür steigst du mit uns morgen auf den Prekestolen, den Predigerstuhl.

Und wie hoch ist der?

Gerade hoch genug für einen anspruchsvollen Spaziergang. Und du bist unwiderruflich mit von der Partie. Das Ding mit der Geldbörse geht nicht noch einmal durch, das muss dir klar sein.

Als ob ich es jemals nötig gehabt hätte, plumpe Ausflüchte zu erfinden...

Ich kenne meine Pappenheimer, mein Lieber, und ich kenne deine Phantasie, wenn es darum geht, Spaziergänge zu sabotieren!

Das Knurren meines Erzeugers hörte sich fast ein wenig geschmeichelt an.

Um den Aufstieg auf den berühmten, fast sechshundert Meter hohen Felsen kam er nicht herum. Das war aber auch eine ganz schön schweißtreibende Schinderei. Angeblich klettern einheimische Hochzeitsgesellschaften samt Kapelle da hoch, um zu feiern. Kaum zu glauben. Diese unternehmungslustigen Wikinger! Obwohl der Blick auf den Lysefjord, der übrigens nichts mit Läusen zu tun hat, tatsächlich wunderschön ist.

Als Vati, selbstverständlich weit nach uns, ächzend und schwitzend oben anlangte und uns an der völlig ungesicherten Kante sitzen sah, wurde er gelb im Gesicht und zog uns sofort in Sicherheit.

Unverantwortlich, nicht mal ein Stahlseil oder ein Gitter!

Wäre den Selbstmördern vielleicht zu umständlich, wenn sie da erst drüber klettern müssen, bemerkte Mutti.

Auf dem Rückweg gewann Vati schnell seine gute Laune zurück. Zwischen den allgegenwärtigen Japanern kraxelten uns ein paar Sachsen entgegen. Eine dicke Madam ereiferte sich: des nimmt je jar keen Ende, stöhnte sie voller Empörung.

Dafür geht's runterwärts schneller, rief Vati ihr zu. Höchsten ein paar Sekunden, wenn man sich nicht verfliegt. Die Dicke würdigte ihn keines Blickes.

Musst du alle Leute anquatschen, mahnte Mutti. Vati lachte.

Du wolltest doch hier her, nicht ich. Nun musst du dich mit deiner vorlauten Verwandtschaft abfinden. Du kannst ja vor gehen und so tun, als würdest du uns gar nicht kennen!

5. KAPITEL: EINE SEEFAHRT, DIE IST LUSTIG...

Komisch, dass im Urlaub die Zeit immer so schnell vergeht.

Zum Abschied sind wir bei Sten-Gunnar und seiner Frau eingeladen, teilte Vati mit und putzte das Mitbringsel, eine Flasche mit hellem Schnaps, noch einmal ordentlich ab, bevor er es in einen Bogen Geschenkpapier wickelte.

Diesmal hielt er sich an Muttis Vorgabe und ließ den Bauern erzählen. Ich blätterte derweil in norwegischen Kinderbüchern, für die ich eigentlich zu groß bin. Dann ging es über den nassen Rasen zurück zum Haus.

Pünktlich um acht Uhr morgens scharrte Vati mit den Hufen.

Seht zu, dass ihr nicht wieder die Hälfte eurer Klapeiken vergesst, mahnte er. Dann blies er zum Abmarsch. Flocki sprang neben uns her, als wolle er mit. Die Kühe und Schafe vom Bauern Sten-Gunnar blickten uns gelangweilt nach.

Im nächsten Ort bremste Vati und ließ eine Frau mit einem Kinderwagen zuvorkommend über die Straße.

Das war eine Trillepike, sagte ich lachend, eine hyggelige Trillepike. Und musste erklären, was ich selbst erst gelernt hatte.

Aha, sagte Vati, aber so hügelig fand ich die Dame gar nicht.

Mensch Vati, hyggelig hat doch nichts mit weiblichen Formen zu tun, es heißt einfach nett oder gemütlich.

Ich will es mir merken, sagte er lachend, das kommt sofort in den Sprachspeicher meiner persönlichen Festplatte.

Irgendwann gab ich es auf, die Wasserfälle zu zählen.

Ein wunderschönes Land, fasste Mutti auf der Rückfahrt zur Fähre ihre Eindrücke präzise zusammen. Nur ein bisschen viel Regen.

Vierzehn Tage Autowäsche kostenlos, ist das nichts? fragte Vati zurück. Dann musste er wieder einmal tanken.

Ein wunderschönes Land, setzte Vati danach das angefangene Gespräch fort. Nur ein bisschen teuer. Sagt mal, war das eigentlich vorhin auch schon so windig?

Die Fährgesellschaft hatte den dicken "Christian IV" gegen eine zierliche "Prinzessin Ragnhild" ausgetauscht. Selbst die war aber nicht ausgebucht. Im Achterdeck-Salon fand sich ein schöner Tisch mit bequemen Stühlen. Viel Platz für eine frugale Mahlzeit und ein Schläfchen während der Überfahrt. Mutti hatte als Service für den gestressten Fahrer eine Portion Kaßler mit für norwegische Verhältnisse unglaublichen vier Scheiben Fleisch erstanden.

Wir gehen noch ein bisschen an Deck, verkündete Mutti, der Geruch hier drin ist nicht so frisch. Iss du man, wir holen uns später was.

In dem Augenblick, wo die Prinzessin ihre Arme aus starkem Tauwerk von der Pier löst, tat sich zweierlei. Das Tablett mit dem gerade leer gegessenen Teller und dem noch vollen Glas hob sich ein wenig auf dem Tisch und nahm dann Fahrt auf in Richtung Tischkante. Während der verblüffte Vater damit beschäftigt war, alles wieder zusammen zu klauben, hob die Prinzessin den Hintern und verließ den Hafen. In einem längst vergessenen Tanzstil. Rheinländer. Links zwo drei und rechts zwo drei, einmal vor und Dreh zurück. Schnell hatte sich unser seetüchtiger Vater auf die Sitzgelegenheit gehockt. War sicherlich nur so eine Welle am Molenende. Eine ziemlich kräftige und ausdauernde Welle. Sie begleitete uns Schiffspassagiere nämlich von Kristiansand bis nach Hirtshals. Immerhin rund sieben Stunden. Jetzt wurde uns klar, warum die Portionen so groß waren. Wahrscheinlich hatte schon auf der Herfahrt niemand so richtig Appetit gehabt. Und nun bekam auch die Ansage des Kapitäns vor der Abfahrt einen Sinn. The ship will be rolling, hatte man gegen jede Gewohnheit nur einmal und nicht wie üblich in drei Sprachen gehört.

Und wie es rollte!

Wir Damen kamen frierend vom Oberdeck, stellten fest, dass es noch immer so merkwürdig roch, entdeckten den Zusammenhang zwischen den inzwischen flach liegenden Stammpendlern und den leeren Tütenbehältern und waren froh, dass das Deodorant unseres Chauffeurs vor der Abfahrt noch überdosiert worden war. Man konnte das Köpfchen an seine Schulter betten und hoffen, dass die Schaukelei aufhören würde. Wir wollen nicht verhehlen, dass uns nach geraumer Zeit schon mal der Gedanke kam, dass unser Familienoberhaupt notfalls dank seiner Körperfülle auch als Rettungsinsel gute Dienste leisten könnte. Aber das sagten wir ihm lieber nicht.

Natürlich ging alles gut. Die Hafenmole von Hirtshals sprang zwar auf und ab wie ein Kastenteufel, aber irgendwann standen wir wieder auf sicherem Grund.

Die achthundert Kilometer Heimfahrt wurden nur noch einmal unterbrochen. In einem der seltenen Augenblicke, in dem die friedlich schlummernde Mutter aufschreckte und überprüfte, ob Vati nicht etwa auch schlief, rief sie plötzlich:

Halt an, halt an, wir sind ja gleich an der Grenze!

Ja und? erkundigte sich Vati. Hast du was Schlechtes geträumt?

Nein, aber ich brauche noch ein paar Tüten dänische Lakritzbonbons, die sind doch so gut. Haben wir nicht zufällig irgendwo ein paar dänische Kronen gebunkert?

Typisch meine Frau Mutter.

Vati lachte. Ja, ja, die brave Frau denkt an sich selbst, bis zuletzt. Dann suchte er eine Tankstelle mit Lakritzsortiment.

Bevor ich es mir auf meiner Rückbank bequem machte, dachte ich daran, ob wir eigentlich den Dorsch fotografiert hatten.

Wäre doch schade, wenn man Kalle und Kulle nicht mal so richtig neidisch machen könnte.

ODER - BRUCH – STÜCKE

DAS WASSER KOMMT...

Den Vergleich bedenkend, der uns dieser Tage vielerorts die Schäden des letzten Krieges und des letzten Hochwassers auf das gleiche Niveau hebt, kommen mir Bilder vor die Augen, die ich verloren glaubte. Und die zur Erinnerung dienlich sein könnten.

Die Großmutter rannte und hüpfte neben ihrem Fahrrad auf das Haus zu und zerrte verzweifelt an der Lenkstange. Man sah deutlich, dass die große Milchkanne am Lenker noch voll sein musste. Anstrengung und heftige Bewegung hatten den grauen Dutt unterm Kopftuch aufgelöst. Der Zopf schwang lustig von einer Seite zur anderen.

Am Hoftor angekommen riss sie die Kanne vom Rad, ließ es fallen und schrie. Schrie hoch und unmenschlich laut.

Das Wasser kommt!

Das Wasser? War nicht immer frische und schaumige Milch in der Kanne, die sie abliefern musste, jeden Morgen? Die einzige Kuh hatte gekalbt und so fiel das Soll nicht so schwer. Ja, zugegeben, die Großmutter war erfindungsreich. Was sie den Geschwistern in den Ferien an frischer Milch zuschob, ersetzte sie in gleicher Menge aus dem Wassertopf, der über dem Filterfass stand. Aber war das ein Grund, die volle Kanne zurück zu bringen? Und dann noch mit diesem Ruf, mit diesem schrillen Schrei?

Das Wasser kommt!

Der Großvater, krummgezogen von der Gicht und mit knotigen Fingern die abgewetzte Sessellehne umklammernd, blieb ruhig. Hol erst mal Luft und dann sag was du weißt, forderte er die Großmutter auf, die mit zitternden Fingern versuchte, den widerspenstigen dünnen grauen Zopf unter das Tuch zu bekommen.

Dann gab er seine Anweisungen, laut und deutlich, wie es alle von ihm gewohnt waren. Zuerst in den Stall. Die Kuh und das Kalb auf den Krippengang. Dann die Papiere aus der rechten Schublade in die rissige alte Ledertasche. Den Lehnstuhl die schmale Treppe hinauf in die Dachkammer. Junge, hilf der Großmutter tragen! Die Petroleum-Lampe und den Tabakskasten auch. Brot und Speck. Wassereimer, Besteck, das scharfe Brotmesser, Kissen und Betten, Tassen und Teller, alles wurde in die Dachkammern geschleppt. Beeilt euch, von Reitwein herüber sind´s keine zehn Kilometer. Da braucht das Wasser nicht mal eine Stunde, bis es hier ist. Mädel, geh du an das Fenster zur Straße. Schrei einfach nur "Wasser", wenn du es kommen siehst!

Das Wasser kam durch den Graben am Hoftor, gleichzeitig mit dem radelnden Dorfpolizisten. Sind doch Ferien, hast du nicht die Enkelkinder im Haus, Gebauer? Schick sie raus, sie müssen in Richtung Rathstock laufen. Noch ist dort die Straße nach Seelow frei. In einer halben Stunde kann das anders sein.

Der Großvater kommandierte. Helft mir aufs Dach. Du, Mutter, hol die Kuh aus dem Stall und lauf mit den Kindern. Um das Kalb kümmere dich nicht, bind es aber los. In Seelow fragt nach der Familie Kranz. Sie werden euch unterbringen. Macht euch um mich keine Sorgen, bis zum Dach kommt es nicht. Und schreib dem Fritz nach Berlin, vielleicht kann er kommen.

Der Weg nach Seelow war gefährlich abenteuerlich. Die Geschwister hatten Platz gefunden auf einem Leiterwagen, der hoch bepackt den gleichen Weg nahm. Die Großmutter war anfangs noch dicht hinter dem Wagen, die widerborstig zerrende Kuh an einem Strick haltend und immer wieder dem geraden linken Horn ausweichend. Dann wurde sie langsamer. Das Wasser sickerte in kleinen Prielen über den Sommerweg, an einigen Stellen schon über die Straßendecke. In Seelow vor dem "Schwarzen Adler" standen die Einheimischen.

Wo kommt ihr her? Ist jemand von den Kranzens da? Hier sind zwei Kinder aus Manschnow.

Die Gespräche der Erwachsenen klangen beunruhigend. Das läuft doch alles voll da unten. Da gibt es kein Halten. Zwei, drei Meter hoch kann es stehen, wenn das reicht. Schlimm für alle, die noch da drin sind. In Reitwein soll der Damm gebrochen sein.

Warum brach ein Damm?

Der strenge und lang anhaltende Winter siebenundvierzig hatte das Bruch lange im Griff gehabt. Die Oder war dick zugefroren. Als die Schollen anfingen sich aufzutürmen, haben sie wohl gesprengt, um den Stau zu vermeiden. Wer sie? Na wer soll schon sprengen, zwei Jahre nach dem Krieg. Wenn sie tatsächlich etwas bedacht haben, dann war es wohl falsch gedacht. Die Eisschollen müssen sich übereinander in die waidwunden und von Granaten zerlöcherten Deiche geschoben haben. Und dann ging alles sehr schnell. Der Damm brach. Das Bruch lief voll.

Am Tag darauf stand die Oder am Fuße der Seelower Höhen. Aus der Stadt fuhren olivgrüne Schwimmfahrzeuge direkt ins Wasser. Sturmboote mit blubbernden Motoren folgten. Auf den Dächern ihrer Häuser saßen schließlich nicht nur Bruchbewohner, die auf Rettung warteten, sondern auch Soldaten. In jedem größeren Ort gab es Kommandanturen. Von Berlin aus zog sich die Telefonleitung nach Moskau quer durch das Land. Alle halben Stunden war ein Patrouillenpaar unterwegs gewesen, um die

Nervenstränge der Militärs zu kontrollieren. Beim Großvater mussten sie durch den großen Obstgarten. Im Herbst blieb in Sprunghöhe kein Apfel, keine Pflaume übrig. Der Hunger war groß. So groß, dass man um jedes Pferd fürchten musste, dass den Neusiedlern geblieben oder zugeteilt war.

Das Wasser hatte andere Sorgen mitgebracht. Viele hatten nach mühseligem Neuanfang wieder alles verloren. Nur wenige gab es, die das Viehzeug und die Habe retten konnten auf die Böden von Häusern und Ställen. Und da es nichts zu tun gab im Hof und auf dem Feld, ruderten Findige in hölzernen Schlachttrögen durch die eiskalte Wasserwüste und sammelten die ängstlichen Hasen von den Weidenköpfen. Und nicht nur Hasen! Nachts, wenn das Blut nicht zu entdecken war, wurde geschlachtet und eingeweckt, was man aus den überfluteten Gehöften herausgebracht hatte. Volle Pökelfässer und Vorräte auf Jahre in den Kellern der verschont Gebliebenen.

Wenigstens die hätten den Sprengmeistern dankbar sein können für den unverdienten Segen. Aber auch sie waren es nicht. Saß wohl zu tief, was man selbst erlebt hatte im Krieg, auf dem Treck, die paar Monate danach. Oder was man von anderen erfuhr. Das Leid jedenfalls, so hörte man, hatte eine Adresse.

Die Russen. Die nahmen die Frauen, nahmen die Pferde. Und sprengten falsch!

Was die Soldaten ins Land gebracht hatte, vergaß man den Kindern zu erklären.

Vor fünfundfünfzig Jahren war das. Lange ist es her.

Aber wenn heute irgendwo die Flüsse über die Uferkorsagen quellen und sich ihre alten bequemen Betten suchen, tauchen die Bilder von damals wieder auf. Aus den Kindern von einst sind nun Großeltern geworden. Ihre Berichte müssen aus dem Gedächtnis abgerufen werden, Fotos und laufende Bilder sind rar. Gäbe es sie, würden sie den heutigen ähneln. Eingeschlossene Menschen, Dächer als Zufluchtsorte, Straßenzüge als reißende

Flüsse, fortgerissene Häuserwände, Treibgut in der Flut, Tiere, die ihre Not heraus brüllen.

Und wieder gibt es Ursachen. Kein Krieg, soweit ist es noch nicht. Genau betrachtet sind wir diesmal selbst der Grund für die Sintflut.

Wir wollen nicht wieder vergessen, es den Kindern zu erklären.

MEIN ODERBRUCH

Nein, es gehört mir nicht. Aber es gehört zu einem Teil meiner Lebensgeschichte und so denke ich mir das "Mein" vor das "Oderbruch" und ich hoffe, es wird nichts dagegen haben.

Sie sind seltener geworden, die Besuche in meinem Bruch. Das hängt mit Bequemlichkeiten zusammen und mit dem Älterwerden und mit anderen Lebensorten, die inzwischen ein wenig entfernter liegen. Es hängt damit zusammen, dass niemand mehr zu besuchen wäre, es sei denn, er läge unter einem verwitterten Stein. Es hängt damit zusammen, dass es sich verändert hat, das Bruch. Doch die Bindung ist noch da, ist zwar ein wenig verschüttet, aber schnell freizulegen. Zum Beispiel, wenn es Berichte gibt über die Kinder des Nachbarortes Golzow, die über Jahrzehnte hinweg begleitet wurden von einer Kamera. Berichte über die Mühen, Arbeit zu finden in einem Landstrich, der immer fruchtbar und immer arbeitsreich war, seit die Oder zwischen den Deichen bleibt. Berichte über Grenzübergänge und neue Verkehrsprobleme, die man nicht glauben kann, wenn man noch die ruhige, sonnige und narbige Chaussee vor Augen hat, die man einst mit dem selbst zusammengebauten Fahrrad befuhr. Auf Reifen aus Gartenschläuchen und immer in Sorge, dass aus dem Hof der Kommandantur jemand heraus träte, den selbst ein solches Vehikel noch begehrlich machen könnte. Und nicht zuletzt Berichte über die letzte Hochwasserschlacht, die, unter uns gesagt, viel glimpflicher ablief, als die furchtbare Katastrophe im Februar siebenundvierzig.

Da war der letzte große Krieg noch nicht einmal zwei Jahre vorbei. Das sichtbare Kriegsgerät war geräumt, das unsichtbare versteckte sich im geschundenen, schlickigen und doch einst so fruchtbaren, schwarz glänzenden Bruchboden. Als das Wasser abgelaufen war, trat das Teufelszeug hervor und ängstigte diejenigen, die wieder von dem Boden leben wollten, leben mussten. Für Stadtkinder, die in den Ferien sättigende Klütersuppe, am Sonntag manchmal sogar ein Stück Fleisch, täglich aber frische Milch bekamen, war die Gefahr gegen das Abenteuer aufzurechnen und so in Kauf zu nehmen. Fasst das Zeug nicht an, wenn ihr es findet! Keine weitere Warnung, keine Erklärung, keine schriftliche Belehrung. Wo käme man dahin. Es gab andere Sorgen, als naseweise Kinder an die Leine zu nehmen. So war man sich überlassen, wenn die überschaubaren Aufgaben erfüllt waren. Kartoffeln buddeln für die Küche der Großmutter, Gras holen für die Karnickel, Luzerne harken hinter dem die Sense schwingenden hinkenden Onkel, den der Krieg fast nicht mehr gebraucht hätte, wären da nicht sinnlos ins Feld gezogene Gräben zu besetzen gewesen. Von denen aus sollten er und ein paar Jungen aus dem Ort den dicken, grauenhaft mit ihren Ketten malmenden Panzern mit dem seltsamen Namen T 34 Einhalt gebieten. Glücklicherweise hatte einer ein halbwegs weißes Hemd dabei, dass an einen Stock gebunden werden konnte. Wie durch ein Wunder setzte es nur heftige Prügel von den fremden Infanteristen. Sie hatten wohl im Bestreben, endlich nach Berlin zu kommen, keine Zeit und vor allem keine Möglichkeit, das zusammengewürfelte Häufchen nach Sibirien zu schicken. Zufälliges Glück. Für den Großvater ein wahrer Segen, den erfinderischen Schwager und Hufschmied auf dem Hofe zu haben. Der Onkel konnte nicht nur mit Pferden und Kühen umgehen, er war auch in der Lage, mit einfachsten Mitteln ein Gerät so zu reparieren, dass man Nutzen aus ihm ziehen konnte. Nur darum gab es zwei Jahre nach dem Krieg auf dem Hof eine vorsintflutliche Dampflokomobile, mit der man dreschen konnte. Und es gab, eines der damaligen Weltwunder, einen aus vielen Wrackteilen zusammengestoppelten Traktor, der zwar abenteuerlich aussah, manchmal aber durchaus zum Laufen gebracht wurde. Ein Pflug fand sich irgendwo. Stolz stand man als Bengel hinten auf der Ackerschiene des Schleppers, ließ sich durchrütteln, klammerte sich an den eisernen Sitz, merkte sich die nötigen Fertigkeiten und bewunderte den kühnen Lenker. Das zahlte sich aus, denn wenn der Onkel etwas aufstöberte, dass sich rauchen ließ in der keimigen, stinkenden alten Pfeife, dann streckte er, auf einer Kiste sitzend, gern ächzend das kaputte Bein in die Frühlingssonne und paffte. Wenn man Glück hatte, durfte man als Bengel dann schon mal eine Furche ziehen von Gewende zu Gewende. Pass aber Obacht, Jungchen! Mach mir den Pflug nicht hin! Wenn du eine Klamotte auspflügst, tritt einfach die Kupplung. Eine funktionierende Bremse gab es nicht, aber die war ja auch nicht nötig. Der Pflug hielt wie ein Anker.

Das metallische Kreischen, dass bei einer solchen Schälfurche eines Tages zu hören war, kam nicht von einem Stein. Eine rostige Metallspitze an einem schmutzig grünen Rohr ragte an der Pflugschar auf und zielte auf den ungeübten Pflüger. Kupplung treten. Die Fuhre stand tatsächlich sofort. Und nun? Wo war der erfahrene Schmied, der einem sagte, wie es weiter ging? Beim suchenden Umdrehen rutschte der Fuß von dem Metallbügel, der das Pedal ersetzte. Es ruckte und kreischte noch einmal kurz, dann starb der Motor blubbernd ab. Das würde Ärger geben, die Kurbelei zum Anwerfen des Motors war Kraft raubend. Backpfeifen für erwiesene Ungeschicklichkeit mussten durchaus kalkuliert werden. Als aber der Onkel das Rohr sah und blass wurde bis unter die Bartstoppeln, war an Strafe nicht mehr zu denken.

Alles auf dem Feld blieb stehen, wie es gerade stand. Bis der Bergungstrupp mit dem von einem struppigen Pferdchen gezogenen russischen Panjewagen kam. Darauf lagen auf stoßdämpfender Strohschicht schon fünf oder sechs andere Granaten, alle am selben Tag gefunden in der schwarzen Erde. Der vorsichtig freigebuddelte Blindgänger wurde dazu gelegt vom so genannten Himmelfahrtskommando. Zu beneiden seid ihr nicht, gab der Onkel zu. Alles halb so wild, lachte der Truppführer, solange uns nichts vom Wagen fällt. Hü, Lotte!

Halt am besten dein Maul, knurrte der Onkel, als die Männer mit dem Wagen davon fuhren. Sonst scheißen die Weiber wieder in die Hosen! Dann kümmerte er sich um den Treckermotor, schraubte am Glühkopf, ließ sich die Lunte zureichen, drehte die Handkurbel und der stolze Gehilfe durfte den Kompressionshebel loslassen im rechten Moment. Die Schwungscheibe drehte sich, der Onkel schrie: Jetzt! Und dann hustete und spuckte sich der Motor wieder in Gang. Noch einmal gut gegangen!

Weit hinten auf der sonnigen Chaussee sah man den Wagen des Bergetrupps, gezogen von der Lotte. Und man sah auch, dass die Männer plötzlich davonstoben von dem Wagen und dem Pferdchen. Ein greller Blitz folgte, danach ein Rauchpilz. Dann erst kam die Schallwelle der Detonation. Kurz darauf lag wieder friedlicher Sonnenschein über der leeren Straße durch das Bruch. Wie ein Wölkchen schwebte der Rauch noch eine Weile im Blau.

Nein, es gehört mir nicht, das Bruch. Aber es wird wohl nichts dagegen haben, wenn ich es als einen meiner Geburtsorte ausrufe.

ZICKENALARM

Unsere Muttersprache ist schwer zu erlernen. Wir geben uns Mühe, die Lehrer sagen das auch von sich und trotzdem gibt es Nücken und Tücken. Schwierig wird es, wenn ein Wort zwei verschiedene Bedeutungen haben kann. Gründung zum Beispiel. Die Gründung eines Vereines zur Verwertung von Gründung. Eine Pfeife wird auch mit einer Pfeife nicht zur Respektperson, gleichgültig ob sie raucht oder trillert. Die verlassene Freundin zum Beispiel besetzt den Begriff anders, als der Raucher oder der Sportler.

Mir geht es so mit dem Neuwort "Zickenalarm". Auf rivalisierende Mädchen wäre ich früher nicht im Traum gekommen. Mein Bild zum Begriff reicht um Jahre zurück und hat natürlich mit dem Oderbruch zu tun. Und mit den Osterferien. Genauer gesagt, mit dem Karfreitag im Jahr 1950. Mit dem zusammengestoppelten Fahrrad, vorn eine gelbe Holzfelge, hinten immerhin Stahl, vorn der geklammerte Vollgummireifen, hinten ein Halbballon, dessen Schlauch wohl nur noch vom Flickzeug zusammengehalten wurde, ging es über Lebus ins Bruch. Die Hinfahrt war in knapp zwei Stunden zu schaffen. Vom Bahnhof Podelzig fiel die Straße in die langgestreckte Senke bei Hathenow. Da die vordere Klotzbremse nur eine Attrappe war, blieb man auf den funktionierenden Rücktritt angewiesen, damit die Fahrt nicht zu schnell wurde. Aber das war kein Problem für einen zwölfjährigen Radbastelfachmann. Und so hatte die ewig ängstliche Mutter in diesem Fall keine Bedenken, einer österlichen Versorgungsfahrt zuzustimmen. Zumal der schnittige rote Opel-Blitz-Bus der Reichsbahn, angetrieben von selbst erzeugtem Holzgas, bedient von einem lustigen Fahrer und einem netten Schaffner, dem man beim Türöffnen mittels einem aus dem Armaturenbrett ragenden Handhebel in wichtiger Funktion stolz zur Hand gehen konnte, zu den Feiertagen nicht im Einsatz war.

Ein paar Eier, ein Stück vom schwarzgeschlachteten Pökelfleisch und ein paar Klöße selbstgemachte Butter würden die Hamsterfahrt allemal rechtfertigen. In den vorsorglich mitgeführten Wehrmachtsrucksack kamen als Gegengabe ein Päckchen Zigarillos, respektlos "Stinkadores" genannt, für den Großvater und die grünen, blattförmigen Eukalyptusbonbons für die Großmutter, dazu ein paar gebrauchte Nadeln für die Nähmaschine. Alles Schätze von großem Tauschwert.

Aber auch der Großvater ließ sich diesmal nicht lumpen. Zehn Eier, sorgfältig verpackt in einem alten Schuhkarton, eine Bratwurst aus eigener Produktion, zwei Gläser goldgelben Sirup und die Butter. Dann kam das Obendrauf. Ein Geheimnis, gut gehütet bis zur Rückfahrt. Komm mal mit. Und bringe den Rucksack her. Was wollte der Alte im Stall? Noch dazu im Ziegenstall?

Merkwürdig, sehr merkwürdig!

Dann ging alles sehr schnell. Der Großvater griff sich eins der drei Osterlämmer, die durch den Stall sprangen, steckte es in den Rucksack, band die Schleife um den Hals des blökenden Tierchens, so dass es genug Luft bekam und half, den Rucksack auf die Schultern zu heben. Fahr zu, Jungchen, und lasst es euch schmecken.

Statt Pökelfleisch ein lebendes Ziegenlamm, das hatte die Welt noch nicht gesehen. Bis zum Podelziger Berg ging alles gut. Dann musste man runter vom Drahtesel und zwei Kilometer schieben. Zu steil, die Straße. Und plötzlich entdeckte das Zicklein, was da vor ihm in der Sonne glänzte. Ein Salz schwitzender Jungenhals, darüber die halblang gestutzten Haare des Transporteurs. Das musste untersucht werden. Mit der Zunge! Weiß jemand, wie rau eine Zickelzunge ist? Und wie das kitzelt, wenn Hals und Haare beleckt und angeknabbert werden? Beim Weiterfahren wurde es nicht besser. Vor den letzten Häusern des Ortes standen ein paar Dorfbengels. Kiekes, der hat ne Zicke im Rucksack! Vorsichtshalber also ein wenig herzhafter in die Pedale getreten und raus

aus dem Kaff. Alles ging gut. Aber ganz vorn, da sah man schon die Dächer von Lebus. Besser gesagt, man sah, was der Krieg übriggelassen hatte von den Dächern. Aber auch hier war Karfreitag, konnten also die Burschen an der Straße lungern. Und weil der Hunger groß war in dieser Zeit, konnte man sich ausmalen, was der lebenden Fracht passieren würde, sollte sie entdeckt werden.

Was war zu tun? Auf jeden Fall runter vom Rad, Rucksack auf, Zickenköpfchen abducken, zubinden und ab wie der Teufel. Dem Lamm gefiel die Prozedur nicht. Es meckerte und fiepte und sah sehr empört aus, als es hinter Lebus den Kopf wieder ins Freie recken konnte. Die gleiche Prozedur am Stadtrand der Vaterstadt, auch von vielen Hungrigen bewohnt. Begleitet vom Zickenalarm aus dem Rucksack wurden die letzten Kilometer zurückgelegt.

Die Mutter schlug die Hände über dem Kopf zusammen. Junge, was bringst du denn da angeschleppt? Ein Halsband aus Leder fand sich, eine provisorische Ziegenleine und schon meckerte das Zickel im Garten der Nachbarschaft die Ohren voll. Auch nicht ungefährlich. Also rein mit ihm in den Keller. Beim Kohlenhändler, der zum Liefern noch Pferde vorspannte, konnte man ein Bund Stroh gegen einen halben Bleistift tauschen. So war Robert, der Ziegenteufel, erst einmal versorgt. Und nach zwei Wochen sprach natürlich niemand mehr davon, dass das Zickel eigentlich für die Fleischversorgung vorgesehen war. Keinen Bissen hätte man heruntergebracht, nicht daran zu denken. Die Mutter trug schwer an der Entscheidung, wie es denn nun weiter gehen sollte.

Und dann war Robert eines Tages nicht mehr da. Einfach verschwunden. Ausgerissen, abgehauen, der Strick hing noch an der Teppichstange im kleinen Garten. Um die Trauer zu dämpfen, wurde am Wochenende ein Ausflug geplant. Ausgerechnet zur Insel Ziegenwerder. Aber auch dort natürlich kein Ziegenschwanz. Und schon gar kein Robert. Dafür aber aus dem Picknickgepäck, von der Mutter sorgfältig eingewickelt in Pergamentpapier und ein Handtuch, für jeden ein großes kross gebratenes Kotelett und Butterbrote. Ein paradiesisches Vergnügen, ein herrlicher Schmaus.

Als über Jahr und Tag der Großvater anfragte, wie denn das Zickel geschmeckt hätte, da musste ihm die Mutter unbedingt schnell etwas ganz Wichtiges mitteilen. Das war sicherlich unhöflich, denn von da an gab es nie mehr einen Ziegentransport und also auch keinen Zickenalarm, der seinen Namen wirklich verdiente.

NACHTFROST IN MANSCHNOW

Früher war alles einfacher. Da gab es in einem Laden dies, im anderen das und damit war auszukommen. Heute gibt es riesige Einkaufstempel, zumeist außerhalb von Ansiedlungen, wo man alles bekommt, was das Herz begehrt. Oder was der Geldbeutel ermöglicht.

Früher gab es auch nur zwei Fernsehprogramme, maximal drei. Die brachten alles, auch das, was das Herz nicht begehrte. Man konsumierte es trotzdem. Überaus einfach war es mit dem Wetterbericht. Immer zur gleichen Zeit erfuhr man, wie es voraussichtlich werden würde, Änderungen natürlich vorbehalten.

Und heute? Jede Station, die auf sich hält, leistet sich auch eine eigene Wetterfee. Die Rolle ist sogar schon als Sprungbrett für die berufliche Entwicklung zur Fernsehschauspielerin genutzt worden. Ehrlich gesagt sind die neueren Wetterprognosen zuverlässiger und genauer, als die von früher. Die moderne Satellitentechnik macht das möglich. Man schaut von oben auf das Vorhersagegebiet und macht sich notfalls selbst ein Bild von den

Wolkenfeldern. Selbstverständlich basieren die Prognosen auf den Erkenntnissen der untereinander genau so selbstverständlich konkurrierenden privaten Wetterhähne. Präziser als jede staatliche Vorhersage. Und jubilierend, wenn eine öffentlich-rechtliche Station einen kleinen böswilligen Orkan übersehen hat. Das wäre uns nicht passiert! heißt es dann triumphierend.

Die Vorhersage basiert nicht nur auf wissenschaftlichen Erkenntnissen der Meteorologen, sondern, und das ist neu, auch auf der Grundlage von Aufzeichnungen vieler kleiner Wetterstationen.

Eine davon, man ahnt es schon, steht im Oderbruch. Die beiläufige Meldung lässt aufhorchen: Nachtfrost in Manschnow. Manschnow? Mit Verlaub: ein Nest! Ein kleiner Ort zwischen Zicken-Seelow und der Oder. Zu dem man aber durchaus eine private Beziehung haben kann. Oder gar ein verwandtschaftliches Verhältnis. Da kann es schon sein, dass sich zum Ortsnamen Bilder fügen, die man sein Leben lang nicht vergessen hat.

Es war nach dem letzten Großen Krieg, als die Großeltern einen Hof übernahmen, der, aus welchen Gründen auch immer, keinen Besitzer mehr hatte. Er lag, eine wohl sehr typische Anordnung, weit ab von der Chaussee inmitten der zum Hof gehörenden Felder. Das Bauernhaus war solide gegründet und gebaut, die Fenster und Türleibungen zeigten sogar den Ansatz baukünstlerischer Gestaltung. Die Stallungen waren aus rotem Backstein aufgeführt, die Fenster in Ermangelung von Glas vernagelt oder mit Strohballen abgedichtet. Die für knabenhafte Perspektiven riesige Scheune nahm die ganze Rückseite des Hofes ein. In der Mitte residierte der Misthaufen, dampfend und gar nicht so geruchsintensiv, wie man es sich heute vorstellen mag. Der Viehbestand war, den Umständen entsprechend, nicht nur mager, was die Zahlen anging. Einzig die Schweine gediehen immer prächtig und rund. Ein Pferd gab es, eine Rarität in der Nachkriegszeit, einen kleinen und vermutlich schon sehr alten braunen Wallach, der bessere Zeiten gesehen hatte, nun aber froh sein konnte, Stall und Futter zu haben. Zum Futterholen wurde man als halbwüchsiger Bengel schon mal eingeteilt. Jeder Protest, etwa dergestalt, dass man noch nie Umgang mit einer Sense oder einem Schleifstein hatte, war sinnlos. Man kann alles. Wenn man nur will! Basta.

Also haute man die Luzerne mit dem stumpfen Sensenblatt, bis sie sich fügte. Also schirrte man den frommen Braunen mit dem Ortscheit an den klapprigen Pferdewagen und holte zum Abend das Futter vom Schlag. Und ohne zu murren verrichtete man in der Erntezeit, soweit sie in die großen Ferien fiel, Hilfsarbeiten auf dem Hof, zu denen man heute nicht nur eine Einweisung, sondern auch eine Schutzbelehrung wenn nicht gar eine Ausbildung nötig hätte. Da war zum Antrieb des Dreschkastens auf dem Hof eine alte Lokomobile in Stellung gebracht worden, die tatsächlich wie eine Lokomotive aussah und auch so beheizt wurde. Wenn der Dampfdruck dem Maschinisten ausreichend schien und die Gewichte des Fliehkraftreglers sich blitzend in der Sonne drehten, wuchtete man gemeinsam mit den Männern den ewig langen Treibriemen auf die Riemenscheiben und sah voller Spannung zu, wie sich das ganze System in Bewegung setzte. Hin und wieder flog der vielfach geflickte Riemen mit großem Getöse schlängelnd durch die Gegend und der Vorgang begann von vorn. Die Gespanne mit den Erntefudern kamen von verschiedenen Gehöften zum weit und breit einzigen funktionierenden Dreschkasten, der dem Großvater gehörte. Mit einer imposanten Leiter gelangte der Ablader, der die Garben vom Erntewagen auf den Dreschkasten warf, auf das Fuder. Zwei Frauen legten nach dem Lösen der Bänder die Garben ein. Alles war vom Staub verhüllt, den das Kaffgebläse erzeugte. Unten stand ein kräftiger Mann, der die vollen Säcke vom Dreschkasten weg trug. Die Verständigung war nur mit Handzeichen möglich, so infernalisch war der Lärm, den das gesamte System erzeugte. Von Ohrenschüt-

zern hat man zu dieser Zeit wohl nicht einmal zu träumen ge-
wagt. Empfindliche Gemüter behalfen sich mit einem Wattebausch
im Ohr.

Später, nach der Elektrifizierung des Oderbruchs, wurde die
altgediente Lokomobile, die in ihren besseren Tagen Dampfpflüge
durch den sattschwarzen Oderbruchboden gezogen hatte, von
einem ebenfalls musealen Elektromotor abgelöst. Der Transmis-
sionsriemen war aber immer noch der alte. Und hatte demzufolge die gleichen Mucken. Der Motor, der auf geheimnisvolle Weise mit einem noch geheimnisvolleren Stern-Dreieck-Schalter ge-
startet wurde, war im Grunde so altersschwach, dass man die
Kohlebürsten hin und wieder mit einem trockenen Spatenstiel
andrücken musste, bevor das Unternehmen startete. Bei Lichte
und mit dem Abstand von Jahren betrachtet ein lebensgefährli-
ches Unternehmen. Zumal für zwölfjährige Bengels. Was uns nicht
umbringt, macht uns hart. Oder umgekehrt.

Aber es blieb trotz der Arbeit immer noch genügend Zeit zum
Stöbern und Streunen mit dem treuen Hofhund. Zeit zum
Schwimmenlernen in der alten Oder. Zeit zum Basteln mit ge-
fundenen Fahrradteilen, die zu einer abenteuerlichen Konstruk-
tion zusammengefügt wurden. Zeit zum reiten lernen. Zeit zu
lernen, wie man einen Trecker fährt. Na gut, der Hanomag,
zusammengestoppelt aus Fundstücken, hatte noch keine Servo-
lenkung und karrte schon mal samt dem Lehrling statt rechts
herum zu fahren geradeaus in den alten Oderarm. Zugegeben,
die schöne Müllerstochter war weder mit den Fahrrad-
konstruktionen noch mit den Kunststückchen des Hofhundes
zu beeindrucken. Sicherlich, der erste Rausch hatte schlimme
Folgen und trug Backpfeifen ein. Wer konnte auch vorhersehen,
dass das Versteck für die vom Kinogeld abgezweigte Flasche
Kirschlikör der Marke Reiter, ganz oben in den Stahlprofilen des
glaslosen Gewächshauses, sich über Tag derart erwärmen würde,
dass man, um nicht länger warten zu müssen, den Inhalt eben

handwarm genoss. Mit den beschriebenen verheerenden Wirkungen. Für Magen und Wange. Wer lacht da, wenn er erfährt, dass die ersten Trockenübungen für das Motorradfahren auf den Resten des Wehrmachtsmodells einer Harley-Davidson, die wer weiß wie in den Bestand der Roten Armee geraten und dann abgeschossen worden war, stattfanden. Wenn man das Ding noch hätte! Glaubt es oder glaubt es nicht, selbst den vom Pferd Max und dem Ochsen Jakob gezogenen Mähbinder der Marke McGormick könnte man sicherlich heute noch vom hoch oben angebrachten Sitz bedienen. Oder mit dem Bindegarn ausstatten. Kunststück, so oft, wie man das elende und immer wieder reißende Papiergarn durch den Knüpfer gefädelt hatte.

Ach ja, Manschnow. Die riesigen Gewächshausanlagen einer holländischen Besitzung. Die vom Krieg zerzauste Windmühle auf der Frankfurter Chaussee. Die Panzerwracks, die noch monatelang auf den Feldern standen. Die ersten Neubauten neben der zerschossenen Kirche, die einst den Fortschritt auch im Oderbruch verkündeten. Die Elektromonteure, die erste Stromleitungen an frisch gesetzten Masten montierten, manchmal zur Freude der Bengels ein paar der kupfernen Verbinder verloren und die Dorfmädels in der "Linde" erst herum schwenkten und dann ins Stroh warfen. Der große Obstgarten des Großvaters, der zum Mundraub freigegeben war, vorausgesetzt, man ließ den Grafensteiner, seinen Lieblingsapfel, in Ruhe. Der Bahnhof zwischen den Ortschaften Manschnow und Gorgast, von dem der Krieg nur eine Schrankenwärterbude aus Wellblech übrig gelassen hatte. Als die Züge wieder fuhren, zwei oder drei Mal in der Woche, kam oft ein ausgemergelter Kerl mit zwei Holzkoffern die weithin sichtbare Straße zum Bahnhof entlang, vorbei am zerschossenen Fort Gorgast. Der Dorfpolizist rieb sich schon erwartungsvoll die Hände. So, wie der Kerl schleppte, war Schmuggelgut zu vermuten. Kartoffeln, Rüben oder gar Speck. Alles falsch. In den Koffern war Heu. Für die Balkonkaninchen, sagte der Mann und grinste. Nachdem er drei oder vier Mal zur Freude der anderen Reisenden dem misstrauischen Ordnungshüter den Kofferinhalt vorgeführt hatte, durfte er künftig ungeschoren passieren. Du verarscht mich nicht mehr, lachte der Polizist. Und nun schleppte der Mann wirklich die Schieberware in den Zug nach Berlin.

Beim letzten Besuch war das auch im vorigen Leben militärisch genutzte Fort ein Museum geworden. Ob man sich aus dem Labyrinth der unterirdischen Gänge allerdings heute noch herausfinden würde so wie damals, das darf bezweifelt werden.

Aber so einen Nachtfrost, den sollte man sich vielleicht doch einmal leibhaftig antun.

Möglicherweise gab es in der "Linde" heute sogar Pensionsbetten.

SCHWIMMEN IM STROM

Grenzströme bieten sich zum Schwimmen lernen nicht an. Nach dem letzten Großen Krieg war die Oder plötzlich eine Grenze. Hallenbäder gab es nicht. Und Freibäder waren absolute Mangelware. Man badete in einem Ziegeleiteich, einer mit Grundwasser voll gelaufenen Tongrube, oder in einem See.

Schwimmen gehört zum Leben eines Kindes wie das Radfahren. Aber wie sollte man es erlernen, wenn die Möglichkeiten begrenzt waren im wahrsten Sinne des Wortes. Der Wunsch war da und er wurde sogar dringlich, als es feststand, dass für die Sportnote in der Oberschule auch das Schwimmen bewertet wird.

Die Rettung konnten nur die Sommerferien im Dorf der Großeltern bringen. Da gab es einen alten Oderarm, der zwar Strom hieß aber eher träge dahin floss. Die Dorfjugend hatte sich sogar einen Sprungturm gebaut, von dem sich die Mutigsten, angestachelt von den Dorfschönen, in die Fluten stürzten.

Der Alte Strom war die Lösung.

Oder doch nicht?

Sollte man sich als neunmal kluger Stadtbengel vielleicht als Nichtschwimmer zu erkennen geben?

Die Alternative war klar. Entweder klein beigeben oder eine Fünf in einer Sportnote.

Die Fünf wäre peinlicher.

Also hieß es eine Taktik zu finden, die Kunst des Atmens über Wasser mit der Fortbewegung im nassen Element möglichst unauffällig zu erlernen. Konnte ja nicht so schwer sein.

Die Badestelle war im Sommer belebt und beliebt. Die Umzugskabinen am Alten Strom waren eigentlich Weidenbüsche. Die wurden aber nur von den Mädchen benutzt. Dort zwängten sie sich, durchaus nicht schamhaft oder unabsichtlich ihre blanken Rundungen zeigend, in Badeanzüge, die entweder schon ihren Müttern gedient hatten oder von flinken Händen aus anderen Textilien umgeschneidert waren. Keine Rede vom Bikini, der erst noch erfunden werden wollte. Und schon gar keine Rede vom Nacktbaden, obwohl man davon gehört hatte, dass die älteren Jugendlichen nach dem Tanz in der "Padde", der Kneipe gleich hinter dem Strom, auch mal kreischend und lachend ein nächtliches textilfreies Bad nahmen.

Für einige Jungen war es einfacher. Angesichts der Knappheit der nutzbaren Materialien hatte eine Badetextilie Furore gemacht, die man als Dreieckshose bezeichnete. Ideal zum Sportschwimmen, noch idealer zum Umziehen auf offener Szene. Man zog das Ding an einem Bein hoch bis in die Turnhose und knüpperte auf der anderen Seite die Bändchen zusammen. Prüfender Griff in den Schritt. Alles verstaut? Turnhose aus, fertig zum Sprung ins kühle Nass. Wer so etwas nicht hatte, badete in der Turnhose, im Schlüpfer oder in abgeschnittenen langen Hosen. Die durchaus sportliche Bekleidung des Feriengastes stand eigentlich in einem eklatanten Widerspruch zum wahren Können und forderte geradezu das Beherrschen des Elementes Wasser.

Wie es geht, wusste man. Wenigstens theoretisch. Wenn also vorsichtig und in Griffnähe der Sprungturm umschwommen wurde, müsste man doch eigentlich eines Tages die Fertigkeit besitzen, bis zu der mitten im Strom stehenden Plattform zu schwimmen, auf der es sich nicht nur herrlich sonnen ließ. Wie man mehr hörte als sah, kam es schon mal zu liebevollen Handgreiflichkeiten zwischen den Jungen und den Mädchen, die ihre Badekostüme auf die Planken legten, um sie von der Sonne trocknen zu lassen. Die Tochter des Müllers, hieß es, könne sich übrigens wirklich rundum sehen lassen.

Die Ferien neigten sich dem Ende zu, ohne dass Fortschritte zu vermelden waren. Die Zeit drängte. Gerade an dem Tag, an dem man sich vorgenommen hatte, wenigstens einen größeren Bogen um den Turm zu schwimmen, passierte es. Auf der Seite, die vom Sprungbrett überragt wurde, war das Wasser natürlich tiefer, als auf den anderen Seiten. Man musste sich konzentrieren, um nicht zu weit weg vom Turm ins Tiefe zu geraten. Und dabei konnte es geschehen, dass man den Sportfreund übersah, der da oben im so genannten Zehenhang am Brett baumelte. Der sah natürlich auch nicht, was unter ihm vorging und löste die Zehen in dem Augenblick, wo der Schwimmlehrling genau unter ihm potschelte.

Es war ein Riesenglück für beide, dass der Springer nicht voll traf. Er hätte sich den Hals und dem anderen das Rückgrat brechen können. So kamen beide mit dem Schrecken davon. Unser Schwimmlehrling allerdings mit dem größeren. Als er prustend und spuckend wieder auftauchte, war er mindestens zehn Meter weg vom rettenden Turm. Natürlich war sein Unvermögen von den Dörflern längst registriert worden. Und so stürzten drei, vier

Jungen sofort ins Wasser. Nicht um ihn zu retten, sondern um ihm eine Lektion zu erteilen. Sie zwangen ihn, bei Androhen des Untertauchens, bis zur Plattform zu schwimmen. Es dauerte Ewigkeiten, bis der Genötigte den Rand der Plattform erfassen und sich hinauf ziehen konnte. Die Freude über die eigene Leistung wich bald der bangen Frage, wie er zurück kommen sollte. Es gab ja nun mehrere Möglichkeiten: Verhungern, erfrieren, irgendwann selbst wieder ins Wasser oder sich, was großzügig angeboten wurde, von den Dorfburschen hinein werfen zu lassen. Das boshafte Lächeln der Müllerstochter gab den Ausschlag. Dann schon lieber selbst.

Und siehe da, es ging.

Als gleich nach den Ferien die Schwimmnoten ermittelt werden sollten, stellte sich unser Meister des Sportes kühn und unverfroren in die Riege der Schwimmer. Und bewältigte tatsächlich irgendwie die Distanz von einhundert Metern.

Allerdings in einer Zeit, in der ein geübter Schwimmer bequem einen Kilometer zurücklegen würde.

Solche Peinlichkeiten vergisst man oder verdrängt sie wenigstens.

Bis zu dem Tag, an dem sich nach dreißig Jahren die Klassenkameraden - die Mädels mütterlich rund, die Kerle angetan mit Glatze, Bart und Bauch - treffen und in alten Zeiten schwelgen. Alles ist gut bis zu dem Augenblick, wo der ebenfalls eingeladene Sportlehrer eine abgegriffene Octav-Kladde aus der Tasche zieht und zum Gaudium der Anwesenden die Sportnoten aus der Neunten verliest. Und nach einem Blick auf die Zeiten grinsend fragt: Hast du damals eigentlich gebadet oder bist du tatsächlich geschwommen?

VORWEGGENOMMENE FRAGE

Da sitzen sie auf ihren Plätzen, die coolen Damen und Herren aus der 8 b, gelangweilt, offenkundig mit den Gedanken ganz wo anders, den Kaugummi zwischen den Zähnen, bestrebt, die nächste Stunde ohne intellektuelle Strapaze zu überstehen. Ein Schreiberling, ein so genannter Autor, soll heute mal was erzählen. Oder vorlesen. Als ob man das nicht selbst könnte. Das Vorurteil ist in vielen Gesichtern deutlich zu sehen. Soll der da vorn sich abstrampeln, die Stunde bekommen wir auch abgehakt.

Und für den da vorn ist es wie schon so oft: er fragt sich, welchen seiner Texte soll er nehmen? Einen heiteren, dessen Anspielungen er erst erklären muss? Oder einen ernsteren, der erst recht nach einem Vorspann schreit? Oder soll er sich besser gleich nach den Fragen erkundigen... Möglich, dass die Zuhörer von einer mitfühlenden Lehrerin vorbereitet wurden. Fragt ihn doch mal, wie er zum Schreiben kam. Oder nach seinem Lieblingsbuch. Nach seinen Privilegien im vorigen Leben. Oder nach seiner Deutschzensur. Oder noch besser: nach der Mathe-Note... Fragt ihn, was er von eurer Altersgruppe hält.

Fragen also aus einem Autoren-zu-Gast-Programm. Aber das ist doch nicht neu, das kennt der hin und wieder vor seinem Publikum sitzende Schriftsteller. Das hat er fast erwartet. Trotzdem ist er hier her gefahren.

Warum tut man sich das an? Um Literatur unter das Volk zu bringen, die gar keiner mag? Die keiner braucht, weil sie bisher keiner vermisste? Um eine Sprache zu preisen, die keiner mehr spricht? Wird man sich überhaupt verständlich machen können? Wie spricht man mit Heranwachsenden, die gestern noch Kids waren und heute den mainfloor der örtlichen Disko bevölkern. Die im base-equipment ihrer Penne basisdemokratisch einen smoke-room durchgesetzt haben, weil es im Winter in der Hofpause zu kalt werden könnte. Die als eigentlich gesellige Fast-food-Fans plötzlich und unvermutet einen Hang zum cocooning offenbaren. Die den Kleiderschrank der Großeltern plündern, weil sie den vintage-look der Sechziger geil und hype finden und die die Kosten fürs hairstyling sparen, in dem sie selbst die Gel-Hand anlegen. War übrigens auch schon mal da, nur hieß das Zeug seinerzeit Pomade und wurde in die Loden geschmiert, um eine wirkungsvolle Ente zu kämmen. Bei Vokuhila war es dann nicht nur überflüssig, sondern sogar verpönt. Wahrscheinlich halten sie ihre Eltern, die bei solchen Gesprächen ohne Spezialwörterbuch nicht das geringste scannen oder screenen, für scheintote Grufties, weil sie ihnen zum x-ten Mal empfehlen, wenigstens Grundkenntnisse aus dem Unterricht mitzunehmen und ein paar Anstandsregeln zu üben, um ein eventuelles Vorstellungsgespräch zu überstehen. Kein Bock auf solchen Müll. Und jetzt sitzt da vorn so ein schwitzender alter Sack und redet übers Bücherschreiben. Im Grunde kann der froh sein, dass wir hier sitzen bleiben. Soll er mal machen.

Der alte Sack ist mit seinen Gedanken bei der Diskothek hängen geblieben. Gab es früher ja noch nicht. Oder doch? Natürlich, hieß eben nur anders. Klassenfete mit Musik. Ringelpietz mit Anfassen. Im Klassenzimmer roch es nach billigem Bohnerwachs und selbst gemachtem Wein, getarnt in der Brauseflasche. Zigaretten wurden relativ heimlich in der Toilette geraucht. Oder auf dem Hof, in der hintersten Ecke. War das mit dem gar nicht so berauschenden und wohl beiderseits verunglückten Zungenkuss in der Achten oder erst ein Jahr später? War es eigentlich aufregend oder mehr technisch, Schmetterlinge oder versuchte Organspende? Auf jeden Fall erinnert man sich an das Weihnachtsfest der Schule. In der Turnhalle. Baum mit richtigen Kerzen. An denen konnte man im Hinausschlendern ein Zigarettchen namens "Muck" anzünden und genüsslich auf dem dunklen Hof rauchen. Die Musik kam vom Plattenspieler und tönte aus einem krächzenden Lautsprecher. Einer hatte drei Westplatten mitgebracht. Orchester Kurt Edelhagen, Trompetjump. Ließ sich zwar nicht richtig vertanzen, war aber egal. Denn es war auch damals schon die Musik meistens zu laut für ein Gespräch. Also wurde offen herum gehüpft, das wirkte modern, außerdem merkte die Angebetete die schwitzigen Hände nicht. Barbara, die schöne Babsi, in einem zeitlos modernen schulterfreien schwarzen Kleid mit ganz dünnen Trägern. Das knisterte sehr gefährlich, wenn es einem, ebenfalls mit Kunstfasern ausgerüsteten, Anzug zu nahe kam. Alle Kerle waren schon verrückt nach ihr, bevor sie im hellblauen Gymnastikdress für das Werbeplakat einer Sportveranstaltung in Leipzig fotografiert worden war. Den Tanzstil, überlegt sich der Autor und grinst völlig unmotiviert in sich hinein, hat er eigentlich durchgehalten bis kurz vor die fünfzig. Das war schon fast mutig zu nennen, denn die Hemden zog man damals noch in den Hosenbund, der sie natürlich bei heftiger Bewegung nicht halten konnte. Sie waren auch aus synthetischem Gewebe. Perlon, Dederon oder Dralon, einerlei, wie das Gewirk hieß oder woher es kam, man roch es nach fünf Minuten. Heute gibt es die hilfreiche chemische Keule Deodorant, was sich aber auch noch nicht bis zu allen herumgesprochen zu haben scheint, wie man riecht.

Hör auf zu lamentieren, hole deine Textmappe vor und lege bei der Gelegenheit dein letztes Buch dekorativ mit auf den Tisch, sagt die innere Stimme.

Das gleiche Gefühl müssen die Gladiatoren im Löwenkäfig auch gehabt haben. Von wegen, nach einem halben Jahrhundert hat man kein Lampenfieber mehr!

Die blätternden Finger bleiben bei einem Text hängen, den er noch nicht oft gelesen hat. Eigentlich egal, womit man die jungen Freunde langweilt. Fang mal an.

Was war denn das? Ein einzelner schüchterner Lacher? Etwa die Reaktion auf ein Wortspiel? Sollte da wirklich jemand zuhören? Oder waren sie doch nur mit der Top-Aussicht auf eine sich bauchfrei räkelnde junge Dame in der dritten Reihe beschäftigt? Der Autor seufzt ergeben und stellt sich nach dem Text den Fragen.

Und ist dem Infarkt nahe, als er spürt, was er angerichtet hat. Sie wollen scheinbar wirklich etwas von ihm. Jedenfalls fragen sie, sagen ihre Meinung, kritisieren die Handlung als viel zu kompliziert. Die Bauchfreie eröffnet den kritischen Reigen. Solche Schachtelsätze! Hielt sich der Schreiberling etwa für eine Art Kleist? Und wie war das nun wirklich mit den Privilegien im vorigen Leben? Hatten die Schriftsteller im Sozialismus nicht alle eine komfortable Datsche und einen Benz, gekauft von den Westtantiemen? Wenn man freischaffend war, wovon hatte man dann gelebt? Waren es Revolutionäre oder eher angepasste Nischenbewohner? Oder eine Kombination aus beidem? Was, bitte schön, ist eine Schere im Kopf?

Die Pausenklingel beendet zwar die Stunde, aber nicht die Diskussion.

Die Lehrerin drängt höflich und bestimmt auf ein Schlusswort. Bedankt sich im Namen ihrer Schüler für ein interessantes Gespräch. Und ist wahrscheinlich im Stillen froh, dass alles ordentlich lief. Keine Blamage für die 8 b. Gute Haltungsnoten für Klasse und Lehrerin. Schriftstellerbesuch abgehakt. Morgen dann wieder Grammatik, meine Lieben! Allgemeines Protestgestöhne.

Das Mädchen aus der dritten Reihe sagt leise Danke, bevor es geht.

CHARLOTTE IM KRONGUT

EINE GESCHICHTSGESCHICHTE

Charlotte hatte schlechte Laune. Das kommt zwar selten vor, aber es kommt vor. Und es gab dafür natürlich Gründe.

"Charly", hatte die allerbeste Mutter von allen in ihrem allseits bekannten und natürlich keinen Widerspruch duldenden Sonntagsprogrammentwurf verkündet, "Charly, du kommst mit. Frische Luft..."

"...schadet nicht", fiel der Familienchor ein. Der Chor bestand in diesem Fall nur aus zwei Personen. Charlotte, genannt Charly, und der allerbeste Vater aller Zeiten. Vorausgesetzt, er nörgelt nicht an irgend etwas herum. Zum Beispiel an der Ordnung in Charlys Zimmer. Oder am Gewicht ihrer Schultasche. Oder an Charlys Eigenart, alle ihr in die Finger fallenden Bücher in Windeseile und in einem Stück auszulesen. Die freundliche Frau Fliege aus der Stadtbibliothek hatte kürzlich sogar vermutet, dass Charly die Bücher auf dem Heimweg schon auslesen würde, so schnell, wie sie sich um den Nachschub bemühte.

Warum kann denn niemand verstehen, dass ein spannendes Buch allemal prickelnder ist, als ein Sonntags-Nachmittags-Familien-Spaziergang an der frischen Luft. Und wenn die Mutter dann noch so geheimnisvoll tat, als hätte sie den Ausflug in Verbindung mit einem völlig neuen Abenteuer geplant, dann schwante nicht nur Charly nichts Gutes. Auch der Vater stöhnte heimlich, weil er in seiner Arbeitswoche soviel an der frischen Luft war, dass er sonntags darauf verzichten konnte. Vater war in diesem Falle ein Verbündeter. Aber schließlich beugte er sich doch meistens dem Willen der Königinmutter. Wenn Ludwig Bommelmann seine Frau so nannte, hatte er meistens vor dem Willen seiner Angetrauten schon kapituliert. Wenn er indessen mit zuckersüßer Stimme ,Soldi' rief, dann war bei den Elternteilen der TTF, der Turteltaubenfrieden, angesagt. Charlotte, genannt Charly, hatte an solchen Tagen mit ihren Eltern keine Probleme. Sie konnte mit ungerügt rundem Rücken an ihrem Computer sitzen oder ohne Brille in einem ihrer spannenden Bücher lesen und wurde nicht alle paar Minuten durch die Fürsorge der beiden aufgestört. Leider waren solche verliebten Momente bei den Herren Eltern nicht von ewiger Dauer und sonntags traten sie meistens erst gar nicht auf. Isolde Bommelmann wäre gewiss krank geworden, wenn sie nicht einen schönen Sonntags-Erlebnis-Plan für ihre Familie erdacht hätte.

Heute war Sonntag. Charly ahnte, dass ihr keine Ausrede helfen würde, um in ihrem spannenden Buch über die schöne Griechin Helena weiter zu lesen. Und deshalb hatte Charly schlechte Laune. Als Ludwig B. nach einem Blick auf die Tochter leise erwähnte, dass er eigentlich auch die Deutschen Tourenwagen-Meisterschaften am Bildschirm verfolgen wollte, wurde Isolde B. energisch. Das wurde sie öfter, ganz besonders aber, wenn es um die Durchsetzung ihrer Wochenendprogramme ging.

"Nichts da Tourenwagen und altgriechische Geschichte, ihr kommt mir mit an die frische Luft. Bei diesem herrlichen Wetter! Ich habe uns etwas ganz Tolles herausgesucht. Wir fahren nach Potsdam..."

"...das mache ich doch die ganze Woche", knurrte der Vater leise.

"...und zwar in das nigelnagelneue Krongut Bornstedt!"

"Brauchen wir Kartoffeln ?" fragte der Vater vorsichtig an. "Die können wir doch auf dem Frischemarkt kaufen. Noch ein paar Oliven dazu und eine schöne Flasche Rotwein...."

"Keine Bestechungsversuche", entrüstete sich die Mutter. "Wir fahren nicht zum Einkaufen, sondern zum Besichtigen."

Aha, da drohte also der schlimmste aller Fälle: ein Kulturausflug. Ludwig Bommelmann setzte ein Gesicht auf, als sei er außerplanmäßig zum Zahnarzt bestellt worden.

"Ich habe aber nicht getankt." Der Vater versuchte wirklich alles.

Und erntete ein höhnisches Lachen. "Bis nach Potsdam und zurück kommen wir immer, das wäre ja gelacht. Soviel Benzin hast du vorsichtiger Planer bestimmt noch im Tank."

Es half nicht. Selbst Charly´s Trick mit der abgewetzten alten Jeans, die sonst immer beanstandet und schon gar nicht als Sonntagshose anerkannt wurde, zog nicht. Mutter Isolde konnte auch großzügig sein. "Behalte die Schrottbüx doch an. Wenn du dich darin wohl fühlst..."

"Kannst du uns mal erklären, warum wir ausgerechnet einen Gutshof besichtigen sollen", murmelte der Vater.

"Kann ich! An Ort und Stelle. Ihr werdet schon sehen..."

Charly schielte zu ihrem Vater hinüber. Es sah aber so aus, als hätte der sein Pulver verschossen. Also versuchte sie es mit einer gewagten Aufsässigkeit.

"Wahrscheinlich dürfen wir dort wieder mit so einer strohdoofen Führung durch die Botanik latschen..."

"Charlotte, achte auf deinen Ton mir gegenüber. Noch steckst du..."

"...deine Beine unter meinen Tisch", antwortete der Chor. Aber es klang nicht sehr fröhlich. Es klang ehrlich gesagt sogar ein bisschen nach Kapitulation.

Charlotte startete das Notprogramm.

"Eigentlich müsste ich noch was für Deutsch machen, wir sollen eine Geschichte schreiben und ich weiß noch gar nicht worüber "

"Ach, und das fällt dir ausgerechnet jetzt ein, ja? Zu durchsichtig, mein Kind. Vielleicht findest du ja unterwegs sogar eine hübsche Idee".

"Aber am nächsten Sonntag möchte ich...." versuchte der Vater sein Süppchen wenigstens vorausschauend zu kochen.

"Am nächsten Sonntag kannst du meinetwegen zehn Autorennen angucken. Vorausgesetzt, wir haben nicht den strahlendsten Sonnenschein. Und jetzt hol mal die Kutsche."

"Widerspruch zwecklos, Euer Ehren", murmelte Charly. Und in Gedanken setzte sie hinzu: Mensch, Alter, du bist vielleicht ein Warmduscher und Pantoffelheld! Aber das konnte zum Glück niemand hören.

Charlotte eroberte mit leichtem Vorsprung den Beifahrerplatz. Wenigstens etwas. Die Mutter verzog sich mit der Bemerkung auf die hintere Sitzbank, dass Kinder eigentlich hinten sitzen sollten. Der Platz hinter dem Fahrer sei immer noch der sicherste.

"Liebste Königinmutter, das Kind ist zwölf und darf also laut Gesetz jetzt nach vorn."

"Haltet ruhig zusammen, ihr zwei, Hauptsache, wir fahren erst mal los."

Unterwegs traf man auf etliche Kamele, Idioten und Ignoranten, die dem Lenker das Leben schwer machten, weil sie nicht rechtzeitig an der Ampel anfuhren, beim Überholen den Sicherheitsabstand raubten und mit siebzig in die Ortschaft rauschten.

"Wenn man mal einen Bullen braucht, ist weit und breit keiner zu sehen", knurrte der Vater.

"Warum gebrauchst du so ein merkwürdiges Vokabular und sagst nicht einfach Polizist", merkte die Mutter an. Aber darauf bekam sie keine Antwort. Ludwig Bommelmann hatte sich in sein Schicksal ergeben, sein Zorn war verraucht. Ein Rest von Ärger wachte aber doch wieder auf, als sich der Parkplatz des Krongutes als hoffnungslos überfüllt erwies.

"Ich wusste ja, dass die Sache einen Haken hat. Wahrscheinlich haben sie im Fernsehen von deinem Geheimtip berichtet und nun sind natürlich alle Berliner hier versammelt", maulte der Vater.

"Stell dich doch da drüben hin", schlug Isolde vor.

"Ins Parkverbot? Haben wir vielleicht im Lotto gewonnen, dass wir uns ein Knöllchen leisten können? Oder bist du neuerdings einem Förderverein für notleidende Bu...äh, Pullezisten beigetreten?"

"Papperlapapp, da stehen doch schon so viele, die werden sie doch nicht alle abzocken..."

"Wer von uns hat hier eigentlich einen unmöglichen Wortschatz?"

Isolde Bommelmann kannte ihren Ludwig. Sie wusste aus jahrelanger Erfahrung, wann es günstiger war, kein weiteres Öl ins Feuer zu gießen. Sie schwieg also, bis der Kutscher doch noch eine Lücke entdeckt hatte. Und um ihren Mann vollends zu besänftigen, setzte sie noch eins drauf.

"Also das muss man neidlos zugeben: einfach toll, wie du in so eine enge Lücke rangierst." Dann nickte sie ihrer Tochter verschwörerisch zu. Das sollte wohl heißen: Sieh her und merke es dir gut, so geht man mit störrischen Männern um!

Charlotte verspürte nicht die geringste Lust auf Komplotte. Sie sah sich um. Und stellte fest, dass die Familie Bommelmann tatsächlich nicht allein auf die Idee gekommen war, das Krongut zu besuchen. Als sie auf den Gutshof einbogen, kam ihnen nicht nur viele Besucher, sondern auch ein wunderbarer Duft entgegen. Es roch nach frisch gebackenem Kuchen. Wenn es also weiter nichts gab, dann würde man wenigstens auf Gebackenem bestehen. Auch wenn Isolde B. zehnmal auf die Gefahr von Hüftringen und Speckröllchen, die mit dem Verzehr von Backwaren verbunden war, hinweisen sollte. Angeblich ein Spruch der Großmutter: Von Nichts kommt nichts! Der Wind treibt zwar große Berge zusammen, aber keine dicken Ärsche! Schade, dass die Großmutter nicht mehr lebte. Es gab nämlich auch noch eine andere Weisheit von ihr. "Wer gut isst, der kommt auch gut über den Winter", hatte sie Charly erklärt, als das Mädchen seine Müsliphase hatte. "Wenn du weiter nur Vogelfutter zu dir nimmst, dann wirst du eines Tages durch die Rippen dampfen, wenn du heiße

Schokolade trinkst. Iss´ man, hungern kannst du später immer noch."

Charly stupste ihren Vater an und deutete heimlich mit den Augen auf die Kuchentheke. Aber Isolde Bommelmann hatte jetzt ganz andere Sorgen, als den Babyspeck ihrer Tochter. Zielsicher steuerte sie auf ein kleines Gebäude zu, an dem das Schild ‚Information' zu erkennen war. Und tatsächlich! Neben einem Faltblatt mit Lageplan, in das sich Ludwig B., der alte Pfadfinder, sofort vertiefte, gab es auch den Hinweis auf eine Führung.

"In zehn Minuten geht es los, das reicht noch für die Toilette."

"Ich muss nicht", sagte der Vater mit Nachdruck.

"Ich auch nicht", sagte Charly mit der gleichen Betonung. Wer sie näher kannte, hätte bemerkt, dass ihr plötzlich eine Idee kam. Als die erleichterte Mutter zurück war und in höchsten Tönen die schönen modernen Klos beschrieb, die sie offensichtlich in dem alten Gemäuer nicht erwartet hatte, setzte Charly ihre Idee in die Tat um.

"Ach, ich gehe doch mal. Wer weiß, wie lange die Führung dauert..."

"Recht so, mein Kind. Du wirst begeistert sein."

"Ja, dachtest du denn, die haben hier noch eine Jauchegrube mit Donnerbalken?" forschte der Vater.

"Ludwig, jetzt reicht es! So was! Vor allen Leuten..."

Als Charlotte wieder an der Information auftauchte, waren die Eltern nicht mehr zu sehen. Die Führung hatte wohl inzwischen begonnen. Charlottes Plan war aufgegangen. Jetzt gab es zwei Möglichkeiten. Suchen und hinterher, so groß war der Innenhof ja nun auch wieder nicht. Oder aber ein stilles Plätzchen finden und die Seele baumeln lassen, wie Vater das immer nannte, wenn er mal ein wenig allein sein wollte.

Beim Schlendern entdeckte Charlotte eine Art Freilichtbühne mit Steinbänken. Hier saßen nur wenig Menschen und schauten über einen kleinen Teich. Charlotte setzte sich, genoss den Sonnenschein, der auch die Sitzbank angenehm erwärmt hatte, stützte die Hände hinter sich auf, legte den Kopf in den Nacken und schaute in den blauen Sommerhimmel. Ganz oben brummte ein altertümliches großes Motorflugzeug herum, spiegelte das Sonnenlicht mit seinem silbern glänzenden Rumpf und tat so, als ob es nicht die geringste Eile hätte, über die Stadt hinweg zu fliegen. Etwas niedriger strebten zwei blaue Luftballons in den Himmel. Ein paar rastlose Mauersegler ließen sich davon nicht beeindrukken in ihren artistischen Flugvorführungen. Charlotte beugte sich vor, stützte den Kopf in die Hände, entspannte die Nackenmuskulatur und hörte plötzlich über sich ein Stimmengewirr. Sie sah sich um. Eine Besuchergruppe war an den oberen Rand des Freilichttheaters getreten. Vor der Gruppe hüpfte ein kugelrundes Männchen herum. Beim Erzählen schwang es die Arme, breitete sie aus, zeigte mit der einen Hand hierhin, mit der anderen dorthin und flatterte herum, als wolle er den Luftballons nachfliegen. Der spricht ja tatsächlich mit Händen und Füßen, stellte Charly fest und lachte in sich hinein. Was für eine tiefe Stimme für so ein kleines Kerlchen, dachte sie und lauschte ein bisschen.

"Hier, wo wir jetzt stehen, haben die Kinder der Kronprinzessin Victoria wahrscheinlich ihre Geburtstage gefeiert. Acht Kinder, vier Jungen, vier Mädchen, da hatte immer eins Geburtstag! Und die Kinder aus dem Dorf wurden zum Mitfeiern eingeladen", erklärte der Mann.

Acht, dachte Charly, acht plus x, das wird nicht langweilig gewesen sein. Sie schloss die Augen. Das Sonnenlicht schimmerte durch die Augenlider. Ein kleiner schwarzer Punkt schwamm im rechten Auge. Die Stimmen der Besucher summten durcheinander und wurden immer leiser...

"Seht mal, ein fremdes Mädchen", rief eine helle Stimme plötzlich aus.

Charlotte wandte sich um und sah eine Gruppe von fünf Kindern auf der Bühnenfläche. Die waren merkwürdig gekleidet und sahen aus, als würden sie gleich ein Theaterstück aufführen wollen. Die Mädchen fassten ihre Kleidersäume mit der freien Hand, um sich nicht zu verheddern. Die Jungen, oder sollte man besser sagen die Knaben, hatten Kniebundhosen an und trugen weiße Strümpfe und altertümliche schwarze Schuhe mit einer goldfarbenen Schnalle. Einer der Jungen steckte in einer Art Renaissance-Kostüm. Es war rotbraun und hatte seidene Fledermausärmel. Vom Gürtel hing eine Spitzentasche herunter, die bestimmt in keinem Versandhauskatalog zu finden war. Charlotte musste ein wenig grienen, als sie die verkleideten Kinder betrachtete. Die scheinen sich ja völlig ernst zu nehmen, dachte sie. Was für ein Stück mochte das sein, in dem sie mitspielten? Und wo war der Regisseur der Theatergruppe? Charly kannte sich in der Bühnenkunst aus. In der Schule hatten sie den Froschkönig mit der ganzen Klasse eingeübt und vor den Eltern aufgeführt. Die Regie hatte Frau Katte, die Deutschlehrerin, übernommen. Sie hatte nicht nur die Rollen erklärt, sondern auch den Text vorgesagt, wenn mal wieder jemand hängen blieb und nicht weiter wusste. Aber hier war keine Lehrerin zu sehen. Merkwürdig. Eigentlich sah es gar nicht nach Theaterspielen aus. Einer der Jungen kam ein paar Stufen näher, machte eine würdevolle Verbeugung vor Charly und fragte mit ernsthafter Stimme, woher des Wegs sie käme und was ihr Begehr sei.

"Nun krieg dich mal wieder ein und brich dir keine Verzierung ab", murmelte das Mädchen. "Sag mir lieber, war ihr hier spielt!"

"Eigentlich wollten wir zum Schaukeln in die große Scheune. Aber wenn du mittun willst, wir könnten auch Drittenabschlagen oder Verstecken spielen. Magst du?"

Charlotte musste lachen.

"Mit euren Plünnen verstecken? Geht mir vom Acker, die sieht man doch tausend Meter weit! Wenn ihr nicht schon vorher irgendwo hängen bleibt!"

Die Kinder steckten die Köpfe zusammen, flüsterten und ki-

cherten. Dann sagte einer der Jungen, offensichtlich der Wort-
führer: "Es ist eine merkwürdige Sprache, derer du dich beflei-
ßigst. Wir wüssten gern, woher du kommst und bei wem du zu
Gast bist. Denn wir haben dich hier im Dorf noch nicht gesehen."

"Das fehlte mir auch gerade noch", sagte Charly. "Ich wohne
zwar auch in einem Dorf, aber das ist moderner, als manche Stadt.
Habt ihr hier zum Beispiel Kabelfernsehen?"

Die Kinder steckten abermals die Köpfe zusammen. Heinrich
soll fragen, hörte Charly die Mädchen flüstern. Und wieder löste
sich der Junge aus der Gruppe.

"Bitte nenne uns deinen Namen und sage uns, warum du so
merkwürdig gekleidet bist und so seltsame Dinge sagst", bat Heinrich.

"Scheint so, als wärst du ziemlich neugierig. Aber ich war zuerst hier, also fangt ihr gefälligst mit der Vorstellung an. Also gut,
ich will mal nicht so ein. Ich bin Charlotte, genannt Charly. Und
wie heißt ihr?"

Die Kinder lachten und tuschelten miteinander. Dann wandte
sich ein hübsches, etwa zehnjähriges Mädchen an Charly.

"Du siehst überhaupt nicht wie Charlotte aus", sagte es lächelnd.

"Und wie hat man nach deiner Meinung auszusehen, wenn
man Charlotte heißt?"

"So wie unsere Charlotte. Wir sind nämlich allesamt Geschwister. Und unsere älteste Schwester ist die Charlotte. Eigentlich
Victoria Elisabeth Auguste Charlotte."

"Übertreibst du nicht ein bisschen? Zwei Vornamen habe ich
ja schon oft gehört. Meine Tante zum Bleistift heißt Johanna-
Christina. Das ist schon schlimm genug, und deshalb sagt auch
jeder Tini zu ihr. Aber eure Schwester hat ja, wenn ich richtig
gezählt habe, gleich vier Vornamen. Das ist übrigens völlig out,

so etwas gab es doch nur früher bei Königs. Also ich meine, in den Königshäusern."

"Ja, aber, wir sind doch allesamt Kronprinzen und Kronprinzessinnen, warum sollten wir nicht vier Vornamen haben?"

"Wenn ihr Prinzen und Prinzessinnen seid, dann bin ich die Kaiserin von China", lachte Charly. "Im Angeben seid ihr ja nicht schlecht, was könnt ihr denn sonst noch so? Wie sind denn beispielsweise eure Noten in Mathe, LER oder Kunst? Sind nämlich zufällig meine Lieblingsfächer. Oder habt ihr nur das Theaterspielen als Hobby?"

Die fünf Kinder hatten nicht zugehört. Sie wandten ihre Köpfe zum großen Herrenhaus und gingen dann in die Hocke. Vom Haus herüber hörte man eine Mädchenstimme rufen. "Moretta... Mossy... Heinrich... Woldemar... Sophie, wo seid ihr? Es ist Zeit für die Kaffeetafel."

Das hübsche Mädchen, dass von den anderen Moretta genannt wurde, kam zu Charly und fasste sie an der Hand.

"Das war unsere Charlotte. Lass uns noch ein wenig plaudern. Wie wäre es denn, wenn du mit uns zum Schaukeln in die Scheuer kämest? Da wären wir sicher, denn Charlotte darf wegen ihrer Krankheit überhaupt nicht in die Sonne. Das würde ihr schaden."

Seit wann schadet denn die Sonne! Charly schaute über den kleinen See. Vor ihrem Auge tauchte ein gar nicht immer so beliebtes Wochenendvergnügen auf. Sie dachte an die Segelwochenenden mit den Eltern auf dem Zernsee und empfand tiefes Mitleid für ein Mädchen, das offensichtlich aus medizinischen Gründen nicht ins Freie durfte. Wie oft hatte sie sich auf die Seite der Mutter geschlagen, die nicht nur immer auf der Havel herumschippern wollte, sondern viel lieber an ihre geliebte Ostsee gefahren wäre. Aber dazu war Vati nicht bereit, jedenfalls nicht mit dem guten alten ‚Schlumpf'. Im Bekanntenkreis sprach Vati immer nur vom Fünfzehner Jollenkreuzer, das hörte sich sehr vornehm und seemännisch an. Mutti nannte das Boot etwas respektloser eine Plasteschüssel, kam aber trotzdem nicht auf die Idee, die Geheimnisse der windgetriebenen Schifffahrt zu erlernen. Charly langweilte sich ehrlich gesagt immer ein bisschen, wenn Vati vom physikalischen Wunder des motorlosen Vortriebes schwärmte. Wenn man wenigstens angeln dürfte! Aber das war auf einem Segelboot nicht nur unerwünscht, sondern auch gegen die Seglerehre, behauptete Vati. Was sie soeben gehört hatte, stimmte Charly nachdenklich. Sie nahm sich vor, dem besten Havelkapitän aller Zeiten in Zukunft mehr zur Hand zu gehen. Denn das Segeln war offensichtlich ein Vergnügen, zu dem man nicht nur ein wenig Kleingeld sondern auch Gesundheit brauchte.

Als sie aufschaute, waren die fünf unterschiedlich großen Kinder schon an der riesigen Scheunentür und winkten ihr heftig zu. Charlotte zögerte noch ein wenig, erhob sich dann aber doch und folgte der bunten Schar. In der Scheune hing tatsächlich eine Schaukel. Sie war an langen Seilen oben an einem stabilen Deckenbalken angebracht. Das kleinste der Mädchen, etwa vier Jahre alt und von den anderen Mossy gerufen, hatte es sich schon auf dem Schaukelbrett bequem gemacht und zappelte ungeduldig mit den Füßen. Ihr Bruder Heinrich, dem man seine vierzehn Jahre nicht ansah, so schlank und zierlich, wie er war, schob die Kleine so heftig an, dass sie fast heruntergefallen wäre.

"Eh, was soll das denn, bist du nicht ganz knusper in der Birne?" Charly schob ihn weg. Sie beugte sich über das kleine Mädchen, zeigte ihm, wie es sich festhalten sollte und setzte dann die Schaukel sachte in Bewegung. Der Junge schien beleidigt zu sein und verzog sich in der fast leeren Scheune auf einen wohl absichtlich als Sitzgelegenheit übrig gelassenen Strohballen. Als Mossy genug hatte vom Schaukeln, schlug Moretta vor, sich hinter der Scheune an den See zu setzen. Dort nahm Charly den Gesprächsfaden wieder auf. Die Neugier plagte sie doch gewaltig.

"Und jetzt erzählt ihr mir, wer ihr wirklich seid und wie ihr hier her kommt."

"Es ist unser Gut, unser Sommersitz. Wir sind jedes Jahr bis spät in den Herbst mit den Eltern hier. Eigentlich waren wir acht Kinder, aber Sigismund ist schon gestorben und Wilhelm lernt heute wieder bei seinem Großvater das Regieren. Er ist oft im Schloß beim Kaiser und beim Kanzler Bismarck. Mit neunzehn Jahren ist er auch zu alt zum Spielen. Und Charlotte hast du zumindest schon gehört", sagte Moretta.

Die spinnen wohl allesamt ein bisschen, dachte Charly, wo bin ich hier nur hingeraten? Bei Kaisers gibt es Lebensmittel und der Kanzler heißt auch nicht wie ein Hering. Wollen die mich auf die Nudel schieben oder werde ich vielleicht krank? Wo sind eigentlich meine Erziehungsberechtigten? Vielleicht sollte ich mich besser auf die Suche nach meinen Ahnen machen? Aber dann siegte wieder die Wissbegierde. Schließlich konnte man fast annehmen, in die Story eines spannenden Buches geraten zu sein. Solche Gelegenheit würde sich eine Diplom-Leseratte wie Charly niemals freiwillig entgehen lassen.

Und so saß sie mit den Kindern in der schönen warmen Nachmittagssonne am funkelnden See und hörte zu ihrem Erstaunen, dass sie es mit den Enkeln des deutschen Kaisers Wilhelm römisch Eins zu tun hatte. Und dass deren Vater Friedrich Wilhelm eines Tages auch Kaiser werden würde. Und irgendwann auch der älteste Bruder. Und dass die Mutter der Kinder eigentlich eine englische Prinzessin Victoria war, die schon mit achtzehn Jahren geheiratet hatte und eine sehr energische Person sein musste. Sogar mit dem Kanzler Bismarck hatte sie sich angelegt, weil der sie gegenüber dem Kaiser als englische Spionin verdächtigt hatte. Das hielt sie aber nicht davon ab, sich am ländlichen Leben in Bornstedt zu erfreuen. Und so hatte sie den Preußen nicht nur beigebracht, wie segensreich die Erfindung der Wassertoilette ist, sondern sie hatte sich auch um das ziemlich verlotterte Krongut gekümmert. Den wunderschönen englischen Rosengarten, den Charly schon vorhin bewundert hatte, weil der gerade von einer hübschen kleinen Gärtnerin gepflegt wurde, den hatte die Prinzessin Victoria anlegen lassen. In dem großen Stall, in dem man heute zu Mittag speisen konnte, standen einst Milchkühe. Mitten im Hof gab es ein Federviehhaus, am Schornsteinturm des Wirtschaftsgebäudes, in dem Charly schon die Toilette des Cafés kennen gelernt hatte, gurrten die Tauben. "Und zu den Kindergeburtstagen dürfen wir die Dorfkinder einladen und dann spielen wir zum Beispiel Topfschlagen. Kennst Du das?"

"Ja, natürlich kenne ich das," lachte Charly, "aber dazu bin ich inzwischen ein wenig zu groß. Und Schokoladenbonbons oder Kaugummi sind auch nicht meine Welt."

"Was sind denn Kaugummis?" fragten die Kinder neugierig.

"Die sind gut für die Zähne und den frischen Atem," erklärte Charly, "und die liegen immer unter dem Topf."

"Bei uns sind das warme Strümpfe oder Schals oder Handschuhe," wunderten sich die Kinder. "Mutter achtet sehr darauf, dass vor allem die Dorfkinder etwas Praktisches bekommen. Sie kümmert sich übrigens auch um die ganz kleinen Dorfbewohner. Wenn die Eltern auf den Feldern arbeiten, bringen sie ihre jüngsten Kinder in die Kleinkindbewahranstalt, die unsere Frau Mutter einrichten ließ."

"Ihr meint, die Kita wurde von eurer Mutter in Bornstedt erfunden?" fragte Charly. Und als sie die fragenden Blicke sah, erklärte sie, was eine Kindertagesstätte ist.

"Das hast du gut erklärt," sagte Moretta. "Auch wenn du ziemlich komische Bezeichnungen verwendest."

"Das kann man alles lernen," sagte Charly. "Und ich habe da auch schon so eine Idee. Heute bin ich hier bei euch, wie wäre es, wenn ihr am nächsten Wochenende mal zu mir kommen würdet? Ich lade euch alle herzlich ein."

"Da brauchen wir ja den Kremser," gab Heinrich zu bedenken.

"Ach, der praktische Heinrich," lachte Moretta. "Alles was mit Kutschen und Booten zu tun hat, beschäftigt ihn sehr. Bestimmt übergibt ihm der Herr Vater später einmal das Kommando über die Flotte. Als er jüngst erfuhr, dass jemand eine selbst fahrende Kutsche ohne Pferde erfunden hat, wollte er auch gleich eine haben. Aber die Frau Mutter war dagegen."

Charly war durch nichts mehr zu erschüttern. Die kennen noch nicht mal das Auto, dachte sie. Wenn sie an die wilden Flüche ihres Vaters auf der Herfahrt dachte, war das vielleicht nicht einmal ein Unglück.

Als sie nun aber doch mal auf ihre Uhr sehen wollte, erschrak sie, als Heinrich sie plötzlich am Handgelenk packte.

"Wo hast du denn diesen wunderschönen Chronometer her?" fragte er bewundernd.

Charly lachte.

"Den habe ich zu meinem Geburtstag bekommen! Also ehrlich, ihr müsst mich besuchen, dann zeige ich euch, wie ich lebe und was mir außer Uhr, Fahrrad, Fernseher und Computer an modernen Erfindungen noch so alles gehört. Bestimmt gibt es vieles, was ihr gar nicht kennt." Im Stillen dachte sie, dass sie sich darüber bisher nicht viele Gedanken gemacht hatte, in welchem Komfort sie lebte. Im Grunde genommen war Muttis Idee gar nicht so schlecht. Aber solch ein historisches Gut gab es ja bisher weit und breit nicht. Wunderschöne alte Gebäude, die wie gerade erst gebaut aussahen, ein warmer Sommertag mitten in der Natur und diese eigentlich ganz netten Königskinder, das hatte sehr viel Romantisches.

Von irgendwoher hörte Charly plötzlich ihren Namen rufen. Und zwar in der Form, die wenig Widerspruch duldete und in ihrer Entschlossenheit unübertroffen war.

" Charlotte! Charlotte Bommelmann!!"

Vor ihr stand, kerzengerade aufgerichtet wie ein preußischer Grenadier, Isolde Bommelmann und stemmte die linke Hand auf die Hüfte.

"Das ist doch wohl die Höhe. Wir suchen dich überall und machen uns schon Sorgen und Fräulein TongTong sitzt hier in der Sonne und hält ein Mittagsschläfchen. Sag mal, spinnst du? Na, auf deine Ausrede bin ich jetzt aber sehr gespannt! Und nun sag du auch was, Ludwig!"

Ludwig Bommelmann dachte nicht daran, den Monolog fortzusetzen. Wie sollte Charly denn hier verloren gehen. Und die historischen Kleider und mondänen Hüte in der Remise wären auch nicht ihr Fall gewesen, eher schon die herrlichen Uhren des lustigen Juweliers. Im Stillen beneidete Ludwig Bommelmann seine Tochter sogar. Ihm war nichts anderes übrig geblieben, er hatte mitlatschen müssen. Und nun freute er sich schon wieder auf die Heimfahrt, da konnte ihm wenigstens niemand dreinreden.

"Was hast du eigentlich die ganze Zeit gemacht?" fragte er neugierig.

"Ach, ich habe ein wenig Geschichte studiert und mit Königskindern getalkt," sagte Charlotte grinsend. " Ihr glaubt gar nicht, wie lehrreich dieses Gut ist!"

"Ach nee, auf einmal! Und dabei hast du sicherlich auch erfahren, das im Himmel Jahrmarkt ist," beendete Isolde Bommelmann die Debatte. " Du hast ja gewiss noch was für die Schule zu erledigen."

Charlotte sah sich unbemerkt um. Von den Kindern war nichts mehr zu sehen oder zu hören. Vielleicht hatte sie tatsächlich ein bisschen geträumt in der warmen Sonne. Betont langsam lief sie hinter der schon wieder zur Eile mahnenden Mutter her.

Und plötzlich fiel ihr ein, worüber sie ihre Geschichte schreiben würde.

DIE BURG

Auf der Fahrt an die Mosel war an der Autobahn ein Schild zu sehen, kurz hinter Koblenz: Burg Eltz. Weiße Schrift auf braunem Grund. Irgendwie kam es mir bekannt vor. Ich kannte das Schild, ohne jemals an der Mosel gewesen zu sein. Wo hatte ich diesen Hinweis nur vorher schon entdeckt? Wahrscheinlich das berühmte Gefühl deja-vus.

Die Burg Eltz muss man gesehen haben, sagt die Winzerin, bei der wir Quartier genommen hatten, sonst war man nicht an der Mosel. Also nehmen wir sie in das Urlaubs-Besichtigungs- und Bildungsprogramm auf. Der Weg von Müden her macht seinem Namen alle Ehre. Er zieht sich, er ermüdet, und, vorab gesagt, als Rückweg entpuppt er sich nicht nur als schweißtreibend. Mit der infarktverdächtigen, blau-roten Gesichtsfarbe kann man, falls man den Parkplatz jemals wieder erreicht, seine Begleitung erschrecken. Die Wirtin, der man später sein Leid klagt, lacht ein wenig schadenfroh. Man geht ja auch von Moselkern aus hoch. Das ist viel kürzer und bequemer. Müden ist die denkbar schlechteste Variante.

Dafür lohnt sich aber der Blick auf die Burganlage. Wahrhaftig. Wie aus einem Märchenfilm entlehnt steht sie auf dem Felsplateau, man sieht sie erst, wenn man lange genug auf dem Wege war. Es ist schön hier, nicht wahr? Wenn wir schon einmal da sind, können wir ja auch die Führung mitmachen. Na, was meint ihr? Die Zustimmung ist nicht gerade euphorisch. Im Gegensatz zu dem alten Gemäuer gibt es ein junges Burgfräulein. Natürlich kann sie den Text auswendig, zählt die Grafen auf, die in der vierunddreißigsten Generation immer noch die Burgherren sind und wahrscheinlich ganz gut mitverdienen an der Neugier. Lächelnd weist sie auf die Waffen an der Wand, Hellebarden, meint jemand. Aber nein, es sind Piken. Wer von ihnen getroffen wurde, war also pikiert. So so. In einem anderen Saal zeigt sie auf die

Wand mit den Bildern. Urchristliche Motive. Früher gab es viele
Bilder an den Wänden der Burgen. Dafür findet sich eine sehr
einleuchtende Erklärung. Die Leute konnten ja nicht lesen, sagt
das Fräulein. Damals also auch nicht, denken wir. Man erwarb
das Wissen aus der bildlichen Darstellung. Daher der geläufige
Begriff Bildung.

Kluges Mädchen!

Reisen bildet.

Reisen? Bildet?

Das Gesicht hatte schon längst wieder die normale Färbung
angenommen, als es mir einfiel. Von wegen deja-vus! Das Schild
an der Autobahn, kurz hinter Koblenz, kannte ich. Auch als Bild.
Aber natürlich! Es ist in einem ganz wichtigen Nachschlagewerk
zu finden. Als Zeichen 386. In jeder Straßenverkehrsordnung der
Bundesrepublik als Beispiel für einen touristischen Hinweis.

DIE FÜHRUNG

Wunderbares Wetter über Potsdam und der näheren Umgebung. Strahlender Sonnenschein und angenehme Temperaturen.
Um die zwanzig Grad im Schatten. Die besten Voraussetzungen
für einen Ausflug. Zum Beispiel nach Bornstedt. In das Krongut,
das neue touristische Juwel der Landeshauptstadt.

Das dachten wohl auch die volkssolidarischen Verantwortlichen der Monopanorama-Reise-Gesellschaft, als sie den Bus char-
terten. Und so stiegen ächzend und vorsichtig fünfundfünfzig
Seniorinnen und Senioren am Parkplatz aus dem Vehikel, um die
letzten hundert Meter zu Fuß zu bezwingen. Alles Berliner, man
hörte es an den verschiedenen Dialekten.

Mensch Trude, hättste jedacht, damit wir uff unse alten Tare
noch ssu Landstreichern wern? Dit nimmt ja gar keen Ende. Ach,
wir sind schon da? Na Jottseidank. Woruff warten wir jetzt? Uffn

Führer? Ick dachte, der is doot! Een Jutsführer, aha. Na besser, als een Schlechtführer, wa? Hoffentlich nich son Renntier, ick bin jetze schon aus der Puste. Wenn mein Hausarzt wüsste, wat ick mir antue, der würde mir vonne Liste streichen. Na nu ma los, wir wollen Weihnachten ze Hause feiern.

Guten Tag meine Damen und Herren, herzlich willkommen auf dem Krongut. Ich will Sie ein bisschen mit der Geschichte und der Gegenwart dieses schönen Fleckchens Erde vertraut machen...

Sagens liaber , wie lang des des geht!

Wo kommt denn der Bayer her? Hat wahrscheinlich eine der Wilmersdorfer Witwen geheiratet und verprasst mit ihr seine weißblaue Pension. Auch egal, Hauptsache, er lässt was davon hier.

Wie lange? Hängt von Ihnen ab, meine Damen und Herren. Vorgesehen sind drei bis vier Stunden Führung, anschließend Kleiderschwimmen im Bornstedter See. Nackig geht's leider nicht, das Wasser ist noch nicht richtig klar. Übrigens schwimmen die Herren, die Damen dürfen applaudieren!

Haste des gehört, Renade? So ä Witzbold, so än frauenfeind-licher Schauwie. Mir wolln ooch schwimmen, Sie sexistischer Schainhailjer, Sie!

Wat reecht Ihr Euch eijentlich so uff, habta nich jesehn, wie ville Kneipen et hier jibt? Allet Ssufluchtsorte for Fußkranke, und so jesehn sehre sympathisch!

Meine Damen und Herren, die Geschichte des Krongutes lässt sich zurück verfolgen bis zu Albrecht dem Bären...

Haste jehört Trude, da lacht der Bär!

Elfriede, du altes Ferkel, was Du schon wieder denkst!

Wat ick denke, kann ick Dir saren. Haben hab ick zwar im Oogenblick keen Lebensabschnittsjefährten, aba kriegen tun denk ick, dat ick een werde! Und seis hier uffm Jutshof, möglichst een von die Langen Kerls. Die jibts doch hier, Herr Jutsführer, oda?

Wat, nur am Wochenende? Und warum verschleppt man uns zur Wochenmitte hierher? Dis hat en Nachspiel!

Meine Damen und Herren, die Hohenzollern, die mit unserem Krongut in Verbindung gebracht werden können, hießen fast alle Friedrich Wilhelm. Und so verwundert es gewiss nicht, dass auch unser Geschäftsführer Friedhelm heißt, obwohl er eigentlich wie ein Highlander aussieht...

Sogns amal, anen Ludwig hams net zu bieten? Arme Saupreissn!

So, jetz reicht mi dat mit dissem Kauderwelsch. Gibt's hier irgendwo Fisch und en lütten Köm dortau?

Haste jehört, Elfriede, der Fischkopp hat sich jemeldet. Und denn jleich sswei Sätze hintereinander, dis is normalerweise sein Monatspensum.

Meine Damen und Herren, diese wunderschöne Rosengarten stammt noch aus der Zeit der Victoria...

Da hatta sich aba lnge frisch jehalten, wa Elfriede? Sach ma, die Victoria, war dit nich die mit Nappi Napoljon da in Tilsit?

Nee Trude, dis war Luise, und jewesen soll reenewech nischt sein. Und ehrlich, ick kann se vastehn. Sone scheene Frau und son kurzläufiger Piepel, da wär mir ooch nischte injefallen.

Du sei bloß stille, ick erinner Dir sonsten an den Rentnerschwoof im Friedrichshain, da haste doch ooch nich jrade mit Adonissen rumjemacht!

Erinner mir nich an diesen Pussierstengel. Konnt ick ahnen, det mir dis Schweinsschakett die Knöppe vonne Bluse reißt und hintaher als Trofehe rumzeicht? Konnt ick nich! Aba besser en Wüstling als jar keen Klavalier.

Der Gutsführer hat sich jeden Kommentars zu enthalten, soweit er nicht historisch bedingt ist. Aber denken, denken darf er sich sein Teil. Je oller, je doller, denkt er zum Beispiel. Und daran, wie anlehnungsbedürftig die so hochnäsigen Wilmersdorfer Witwen werden können. Uffn Friedhof wolln wa nich, es sei denn, da isset scheen schummrich!

Meine Damen und Herren! Hier hat die Victoria die Geburtstage ihrer Kinder gefeiert.

Dös wenn i hör! Die Preißn und feiern! Gsuffa wern se ham und die Kloanen hatten wahrscheinlich gar koa Freid. Drum sans a liaber Offizier oder Hofschranzen gwordn. Bin nur gspannt, ob sie wenigstens Andenkenfingerhüt da hobn, i brauch zwoa zum Verschenken. Die kosten nix und machen doch was her!

Bismarck, meine Damen und Herren, Bismarck war auf junge Frauen nicht gut zu sprechen, wenn sie klug und schön waren. Die arme Victoria konnte ein Lied davon singen.

Bismaark? Gibt's hier villeichs doch Fisch odeer weenigstens Fischbrötchen? Abas in diese Nobelschuppen kenn die waascheinlich gor kein Mattsches!

Sie, Herr Oberführungskader, nu isset allmählich jenuch mit der Latscherei. Ick muss ma dringend setzen, bevor ick ma leeje. Mein Kreislauf is jenau so alt wie icke. Oda will Ihre oberste Heeresleitung riskiern, det uns alle der Herzkasper anfällt?

Ja meine Damen und Herren, wer die Führung nicht weiter mit machen will, mir ist es recht, bezahlt haben Sie ja. Ich schlage vor, wir treffen uns dann in zwanzig Minuten an der Brennerei.

Tscha, dat hätter doch glicks sagen könn, der Knallkopp. Da hätten wir schon schön ein konnt zur Brust nehmen.

Haste jehört, Trude, der will eener von uns anne Brust. Schade, det ick die Knöppe wieda anjenäht habe.

Mensch Elfriede, der Fischkopp will sein Nordlicht-Hobby frönen und een blasen jehn.

Truuude! Wat du for Ausdrücke hast!

Mensch, blasen is dit Jleiche wie blökern, wie Picheln, een valöten, een hintat Chemisette kippen, een hintert Netzhemde plätschern...

Mir isset nich nach Picheln, icke brauch en Kaffe!

So, meine Damen und Herren, das war unser kleiner Ausflug

in die Geschichte, danke für die Aufmerksamkeit und kommen Sie bald wieder.

Haste jehört Trude, wiederkomm, da müsst mein Herz en Affe sein und mein Vastand en Leierkasten.

Na gengas her, Sie Hilfsführer, hier hoabens was für oane halbe Maß, mehr is ungesund bei der Witterung. Und schaugns noch mal nach, ob Sie net vielleicht doch wenigstens oanen bajuwarischen Kini zwischen die Preußn hoam.

Tscha, dat wor schon sehr lehrreich, aber jetzt vertelln Sie uns man, wo der nächste Köm lauert.

Der Gutsführer bedankt sich für das Trinkgeld, zeigt den Damen den Weg zum Café und zum Klo, wischt sich den Schweiß von der Stirn und geht zur nächsten Führung.

Zwei Damen, die die Gruppe beobachtet hatten, schauen ihm hinterher.

Errbarrmung, Marjellche, haste jeseehn, schwejsnass waarra jewesn, der Fihrer. Und nu muss er jlaich wieder ran. Und waisste, was fir mich am Schlimmsten is? Dass die Läute nich hochdeitsch kenn wie unserains!

DER SOUND

Kurz vor Mitternacht gibt es ein kreischendes, krachendes, splitterndes Geräusch. Schnell steht fest: aus dem Fernsehen kommt es nicht.

Ans Fenster.

Gegenüber steht die moderne Schule. Vor der Schule steht ein beleuchtetes Namensschild. Das hat man heute so. Jeder Vorbeikommende kann sich überlegen, wo er den Namen – in diesem Fall eines längst verstorbenen wichtigen Wissenschaftlers, geboren 1834 in der Landeshauptstadt – schon einmal gehört hat.

Das Schild ist weg.

Da, wo es stand, steht oder besser liegt ein Auto. Ein Blinklicht zuckt.

Der Samaritertrieb erwacht. Schnell in die Hosen und nachsehen, ob Hilfe gebraucht wird. Vorsichtig nähert man sich dem deformierten Fahrzeug, immer gewärtig, Schreien oder Stöhnen zu vernehmen.

Nichts.

Außer einem wummernden und rhythmischen Dröhnen, das offensichtlich aus den Lautsprechern kommt, mit denen heute ältere aber dafür tiefergelegte Fahrzeuge in solchen Dimensionen ausgerüstet sind, dass man mühelos einen Sportplatz damit beschallen kann.

Die Fahrertür ist offen. Im Fahrzeug keine Menschenseele.

Hallo, ist da jemand? Kann ich helfen?

Keine Antwort.

Wenigstens das Autoradio wird zum Schweigen gebracht.

Die Polizisten am anderen Ende der Leitung sind ruhig und gelassen. Wir schauen uns das mal an. Wie war doch gleich Ihr Name?

Der war nicht, der ist immer noch.

Gut, gut. Sie brauchen nicht auf uns zu warten, schon gar nicht an dem Fahrzeug. Wir kümmern uns darum.

Irgendwann mitten in der Nacht hört man die Tonkanone noch einmal. Der Bergedienst wollte wohl feststellen, was überhaupt noch geht an dem Havaristen. Der Streifenwagen muss geräuschlos vorgefahren sein, das Martinshorn ist ja sonst unüberhörbar.

Vielleicht liegt es am Geburtsjahrgang, dass man gerade gegenüber diesen Geräuschquellen so empfindlich ist. Wer als Kind mit der vor dem Fliegeralarm warnenden Sirene Bekanntschaft gemacht hat, wird diese Klänge auch sein Leben lang nicht mehr los. Als es hierzulande noch Sitte war, an jedem Mittwoch um dreizehn Uhr die Einsatzbereitschaft der allgegenwärtigen Sirenen zu prüfen, zuckte man immer wieder zusammen. Diesen Warnton für die allgemeine Gefahr hat man für alle Zeiten gespeichert.

An einem Sylvesterabend schossen sich die fröhlich böllernden Nachbarn gegenseitig die Hosenbeine in Brand. Neben der Feuerwehr kam auch noch der Notarzt. Alles wurde übertönt von den Signalraketen und Kanonenschlägen. Nicht nur die armen Kreaturen, die man als Haustiere hält, verkriechen sich schon deshalb zum Jahreswechsel, einen Hörschutz suchend, in den letzten Winkel. Menschen, die das alte Jahr in sentimentaler Grundstimmung beim Anhören von Beethovens Neunter Sinfonie noch einmal Revue passieren lassen wollen, haben das nämliche Problem. Auch durch moderne Kopfhörer ist der Gefechtslärm nicht auszuschließen.

An einem schönen Vorfrühlingstag sitzt man vor dem Café an der Hauptstraße und genießt den Sonnenschein. In Israel ist ein Straßencafé Ziel eines Anschlages gewesen, hieß es gestern in den Nachrichten. Aber bei uns passiert das nicht, beruhigt man sich. Am Nebentisch zwei Studentinnen, die heutzutage offensichtlich nicht mehr zur Aufnahmeprüfung sondern zu einem Model-Casting müssen. Sie langweilen sich ein wenig, wie man sehen kann. Das ändert sich, als man plötzlich schon aus der Entfernung von zwei Häuserblöcken das bekannte Wummern automobiler Bassreflektoren vernimmt. Die zwei jungen Herren in dem sportlichen und weit geöffneten Gefährt könnten Bankangestellte oder Berufsanfänger einer Beamtenlaufbahn sein. Sie sehen mit einem Blick den Tatbestand am Nachbartisch und parken kurz entschlossen in Sichtweite. Und im Parkverbot. Wenigstens das Radio stellen sie ab.

Die jungen Damen sitzen ein wenig gerader und gespannter, als die Burschen, gewandet in den Zwirn einer Sorte, die schon im Etikett den Chef verspricht, am Nebentisch Platz nehmen.

Gerade laut genug, damit man nicht zu angestrengtem Lauschen gezwungen wird, sprechen sie über Tagesgeld und Zinsfüße. Also tatsächlich Banker. Unvermittelt spielt der nahöstliche Kriegsschauplatz eine Rolle. Die Chancen, die man hätte, wenn man da runter gehen könnte!

Aber auch die Gefahren! Hört man doch allabendlich in den Nachrichten, was da immer noch passiert. Neulich haben sie im Fernsehen sogar eine Minenräumerin vorgestellt. Eine gut aussehende, attraktive, kluge junge Frau bei einem solchen Himmelfahrtskommando!

Ja, ja, sinniert der andere der jungen Herren laut und deutlich, der Krieg ist schrecklich.

Um nach ein paar Sekunden hinzuzufügen:

Aber du kannst sagen, was du willst, der Sound ist bestimmt geil.

Der Öko-Igel

Es war einmal ein Igel, der lebte ohne jeglichen Komfort in der märkischen Landschaft. Frau und Kinder waren aus dem Haus, er sorgte also nur noch für sich selbst. Anders gesagt, er lebte nicht schlecht. Rund und gesund bereitete er sich auf den Winterschlaf an einem lauschigen Plätzchen vor und gedachte erst zum Frühlingsanfang wieder aktiv zu werden. Gesagt getan.

Eines Tages kitzelte es in seiner schlaftrunkenen Nase. Als er sie hob, roch er den Frühling. Er blinzelte in die wärmende Sonne und streckte sich. Dann ging er nach alter Igelart auf Käfersuche. Weil er aber kein Radio und keinen Fernsehapparat besaß, stellte er seinen Irrtum erst fest, als es fast zu spät war. Eine Wetterkapriole hatte ihn genarrt. Es war nämlich erst Februar und gab also noch gar keine Käfer. Ein frostiges Hoch aus dem Osten schlug bald darauf erbarmungslos auf Frühblüher und Frühaufsteher ein und überzog das Land mit eisiger Kälte. Welches Glück für unseren Igel, dass die modernen Mülltonnen so weit auf die Erde reichen. Er schlüpfte in einem Reihenhausgarten mit letzter Kraft unter die Tonne und zählte so lange Regenwürmer, bis ihn der Winterschlaf erneut übermannte. Weil nun aber die Tonnenbesitzer sparsame Leute waren und den Müll nicht nur trennten, sondern fast schon abwogen, bemerkten sie ihren Gast erst nach Wochen, als die Tonne zur Müllabfuhr bereit gestellt werden sollte.

Und jetzt hatte unser Igel zum zweiten Mal Glück. Die Hausfrau überlegte sich blitzschnell und blitzgescheit, dass so ein Gartenbewohner ihr womöglich im Kampf gegen die Nacktschnecken behilflich sein und so endlich eine gute Salaternte garantieren könnte. Sie baute flugs ein Behelfsquartier aus einem großen Blumentopf, dem eine Ecke fehlte und spendierte Meerschweinheu und Meerschweinstreu als Elemente der Behaglichkeit. Als die Sonne sich wieder stärker ins Zeug legte, stellte man dem Igelchen ein wenig Katzenfutter zur Verfügung, denn Milch, so hatte die Ratgeberseite der Tageszeitung unlängst gewarnt, sei nichts für Igelmägen.

Unser Igel registrierte mit Genugtuung, dass er hier komfortabel behaust sei. Eine Art Igel-Schlaraffenland mit Luxusquartier. Damit sollte man doch wohl eine anspruchsvolle Igelin ins Nest locken können. Ein Schauer lief ihm über die Stacheln, als er daran dachte, wie vorsichtig, geräuschvoll und geschickt man für Nachwuchs sorgen würde.

Und er machte sich dankbar daran, die neue Umgebung ein wenig zu erkunden und ganz nebenbei für Ordnung zu sorgen, in dem er die Nacktschnecken kurz hielt. Ohne zu bedenken, dass er eigentlich in einen Bestechungsskandal verwickelt war.

Merke: Auch ökologisch Interessierte neigen unter Umständen zu Korruption und moderner Sklaverei.

DAS FROSCHKONZERT

Unter normalen Bedingungen sind moderne Reihenhaus-Siedlungen das Langweiligste, was man sich denken kann. Jedenfalls aus der Froschperspektive. Kleine Gärten, kaum Grün, Rasen nur für rasende Gören und vor allem kein Wasser. Nicht einmal eine Pfütze! Schrecklicher Gedanke für eine Amphibie!!

War es ein milde gestimmter Bauherr oder eine zufällige Nachlässigkeit, man weiß es nicht. Jedenfalls entstand in einer dieser Siedlungen ganz unvermutet ein kleiner Teich, in dem sich auch prompt das Regenwasser mit dem Grundwasser vermählte.

Und es dauerte nicht lange, bis die Anwohner die Chance auf Einrichtung eines Biotops wahrnahmen. Einer spendete ein paar Wasserpflanzen, so genannte Bumskeulen, die im Gartenmarkt unter dem Decknamen Rohrkolben oder vornehm ausgedrückt Typha latifolia angeboten werden. Ein anderer war der Meinung, ein Tümpel brauche wenigstens eine Seerose Nymphaea purpurata. Ein Dritter schließlich schüttete bei Nacht und Nebel, wahrscheinlich sogar als Urlaubsvorbereitung, sein Goldfischglas aus.

Das alles entdeckte ein auf der alljährlichen Wanderschaft befindlicher Tümpelspezialist namens Teichfrosch und ließ sich sogleich häuslich nieder. Da er über eine sehr angenehme Stimme verfügte, hielt er es für möglich, eine Fröschin für die Gegend zu begeistern.

Gesagt getan. Der Frühling kam mitsamt seinen Gefühlen und unser Frosch brüllte seine Einsamkeit und sein Angebot allnächtlich in die Natur hinaus. Es dauerte auch nicht all zu lange, da wurde das Konzert zweistimmig. Die Sonne wärmte und wärmte, die Fenster blieben nachts wieder offen.

Wer je bei offenem Fenster an einem Froschteich Schlaf suchte, weiß, wovon die Rede ist. Nach einer Woche kennt man tausend und abertausend Melodien, die man recht eigentlich als eintöniges Gequake bezeichnen könnte.

Besonders ärgerlich erwischt diese Ruhestörung all jene, die ihrem Arbeitgeber morgens ausgeruht gegenüber treten möchten. Überaus peinlich aber ist es für die zugezogenen Stadtmenschen, die noch nie in ihrem Leben in der freien Natur einem Froschkonzert zugehört haben. Was es in der Provinz nicht alles gibt! Live ist live! Beeindruckend vor allem diese Lautstärke! Unglaublich! Kann das mit rechten Dingen zugehen? Oder hat da vielleicht doch so ein anwohnendes Schlitzohr ein Mikrofon samt Verstärker oder gar ein Abspielgerät installiert, von dem die musikalische Umrahmung der Siedlungsnächte ausging? Vorsorglich bat man auf überall verteilten Handzetteln um Abstellen des Gerätes in der Zeit von bis. Oder aber wenigstens um Regulierung auf Zimmerlautstärke.

Es half alles nichts. Das Gequake ging weiter.

Folgerichtig wurde nun eine Selbsthilfegruppe gebildet.

Unserem Frosch war jedenfalls gar nicht wohl, als er plötzlich nächtliche Umtriebe feststellte.

Die Siedlung sucht den Super-Frosch!

Kaum hatte er die Schallblasen aufgepumpt und sich eingestimmt, da schlichen ruhebedürftige Siedler mit Taschenlampen heran, um der vermeintlichen Technik auf die Sprünge zu kommen. Aber ein abtauchendes Fröschlein ist eben allemal schneller, als so ein beleuchtetes Landei.

Und so geht die Suche alljährlich wieder von vorne los, weil der technikverwöhnte Mensch einfach nicht glauben kann, dass es noch schöne natürliche Singstimmen gibt, die keinen Verstärker nötig haben.

Die ABM-Ameise

In einem forstwirtschaftlich unerhört nützlichen Ameisenstaat wohnte einst die Arbeitsameise Hurtig. Täglich schuftete sie neben tausenden und abertausenden anderen Kollegen für eine Königin, die sie noch nie von Angesicht zu Angesicht gesehen hatte. Selbst den Arbeitsminister, einen geschniegelten Ameiserich, wie man ihr berichtete, hatte sie noch nicht aus der Nähe kennen gelernt. Und so kam es für Hurtig sehr überraschend, dass sie eines Tages in die Chefetage des Ameisenhaufens bestellt wurde. Dort eröffnete ihr ein Mitarbeiter des Arbeitsministers, dass es Veränderungen geben würde. So und so, die allgemeine Lage sei zur Zeit überaus angespannt. Es wäre der Fall eingetreten, dass der ökologisch orientierte Mensch nicht mehr so viel Unrat in den Wald feuere. Damit verlieren nicht nur die armen Ratten ihre Existenzgrundlage, es fallen auch andere Waldbewohner nicht mehr tot um nach dem Genuss von Zivilisationsabfällen und müssten demzufolge auch nicht entsorgt werden. Kurz, bei den bekanntlich als Hygienepolizei eingestuften Ameisen werde man Arbeitskräfte reduzieren. Man müsse sich leider gesund schrumpfen, damit die Vorräte zur Ernährung der Bewohner der Chefetage ausreichen.

Die Königin hatte einen diesbezüglichen Erlass erlassen. Punkt.

Um die soziale Kompetenz der Arbeitsverwaltung zu demonstrieren, sei man nun auf der Suche nach Arbeitsameisen, die man sozial verträglich in den Ruhestand schicken könne. Andere Ameisen, und dazu gehöre dem Augenschein nach auch die Kollegin Hurtig, hätten die Chance, in einer Arbeitsbeschaffungsmaßnahme unter zu kommen. Dazu müsse sie aber bereit sein, zukünftig ein paar Kilometer Arbeitsweg mehr in Kauf zu nehmen und sich möglicherweise umschulen zu lassen. Auf die Vertilgung und den Transport von Plastikabfällen zum Beispiel.

Ob das denn nicht gesundheitsschädlich sei, wagte Hurtig zu fragen.

Was ist heutzutage schon gesund, lachte der Vermittler. Also: Willst du oder willst du nicht? Ist sowieso nur für einen begrenzten Zeitraum, der Job. Dann müssen wir neu entscheiden.

So kam es, das Hurtig nacheinander in einer Sortieranlage für Plastikmüll, in einer Kompostierungsanlage für Gartenerde, in einer städtischen Grünfläche, in einer Schauanlage für den Schulgarten einer Freien Schule und schließlich bei der Stadtreinigung eingesetzt wurde.

Sie machte alles mit, ging lange Wege, qualifizierte sich mit bestmöglichen Ergebnissen bei optimaler Stimmenthaltung, was kritische Hinweise betraf.

Als sie allerdings eines Tages von ihrem Vermittler erfuhr, dass sie auf die Planstelle eines Regenwurms gesetzt werden sollte, um künftig nur unter Tage zu arbeiten, kollabierte ihr Kreislauf.

Ein Problem weniger, stellte der Vermittler fest.

Die nächste Nummer bitte!

DIE PROMINENTEN ENTEN

Nach ein paar paarpolitischen Unstimmigkeiten am Großen Entenhausener See hatte sich ein Pärchen der bekannten Art der Krickenten - für den Kenner anas crecca, nicht zu verwechseln mit anas quequedula, der Knäkente - nordwärts abgesetzt und den kleinen Zierteich in einer Neubausiedlung besetzt. Eine glückliche Fügung, wie sich bald herausstellte. Die reichlich vorhandenen Goldfische störten beim Gründeln nach Futter nicht. Außerdem erschloss sich schon bald eine neue Sättigungsquelle. Die rund um den Tümpel angesiedelten ehemaligen Stadtmenschen fanden die Entis goldig und hatten zudem eine völlig neue Möglichkeit entdeckt, altes Brot mit reinem Gewissen weg zu werfen. In Richtung der Enten. Die kamen, als sie merkten, dass ihnen die Beute niemand aus der eigenen Sippe mehr streitig machte, sogar bereitwillig aus dem Wasser, um sich den Segen sozusagen persönlich abzuholen. Das ging so weit, dass man ganz possierlich bis zur Haustür watschelte oder gar auf einem Treppenstein Platz nahm, um der Fütterung zu harren. Als Gegenleistung machte das Pärchen Schauflüge über den Teich, klatschte schon mal aus größerer Höhe sehr effektvoll aufs Wasser und war bald die prominente Attraktion der ansonsten stinknormalen Wohnanlage.

Wie es so zu gehen pflegt! Die Enten waren sich ihrer Sache sehr sicher und wurden folgerichtig übermütig. Sie liefen hintereinander im so genannten Entengang über die Siedlungsstraße, bettelten um Brot und machten Formationsflüge. Sie waren die Stars der Siedlung und verloren damit auch bald ein wenig die Übersicht. Es reichte ihnen nicht mehr, einfach nur über die Straße zu spazieren. Sie kaprizierten sich zum Beispiel darauf, zu warten, bis sich ein Auto näherte. Dann erst hüpften sie auf die Fahrbahn und freuten sich, wenn ihretwegen die Bremsen quietschten.

Eines Tages reichte einer Fahranfängerin der Bremsweg nicht aus. Die Entenwitwe schloss sich wohl oder übel wieder dem Geschwader am Großen Entenhausener See an. Abgesehen davon, dass sie, wie man hörte, nur hin und wieder von einem barmherzigen oder gerade bedürftigen Enterich (für) voll genommen wurde, musste sie sich auch wieder selbst um ihr Futter kümmern. Und sie hatte damit fertig zu werden, dass die anderen normalen Enten ihre Kollegin fürderhin schnitten.

Merke: Auch Stars trifft man meistens zweimal. Einmal auf dem Weg nach oben, einmal auf dem Weg nach unten...

Aber das Gefühl kennen ja nicht nur Enten.

Die Azu-Bienen

Am Waldrand hinter dem Dorf stand seit Jahren der alte Bienenwagen von Gustav Honigseim. Wenn die ersten Sonnenstrahlen ihr wärmendes Geschäft betrieben, wurde es im Innern des Wagens sehr geschäftig. Munter und voller Tatendrang machten sich die Mieter bereit, sich auf die ersten Blüten zu stürzen und sich die Hosen prall mit Pollen zu füllen.

Eines Tages nun lungerten vor dem Stock ein paar Drohnen herum, die man hier noch nie gesehen hatte. Sie warteten auf die unerfahrenen auszubildenden Jungbienen, hieß es. Kam so eine Azu-Biene aus dem Flugloch geschlüpft, wurde sie von den fremden Kerlen sogleich in Augenschein genommen. Besondere Aufmerksamkeit schienen sie den Bienen zu schenken, die neben kräftigen Flügeln eine Wespentaille und sanft modellierte Hosenbeine besaßen. Sie machten sich an die verschämt kichernden Bienenmädels heran, baten sie, sich mal ein wenig zu drehen oder zu summsen, bedauerten, dass sie hier in einer so langweiligen Gegend aufwuchsen und schlugen ihnen als Alternative vor, mit ihrer Hilfe in einen modernen städtischen Bienenstock zu wechseln. Es reiche übrigens völlig, wenn sie ihre wohlproportionierten Hinterteile rhythmisch bewegen könnten. Schulbildung spiele keine Rolle, Honigkunde, Geografie der Fluglinien und mathematisch-geometrische Kenntnisse über den Aufbau von Waben würden künftig nicht mehr von ihnen gefordert oder gar abgefragt. Kurz gesagt, Intelligenz wäre nicht vonnöten, sondern eher sogar hinderlich. Im Grunde käme es für die Bienchen nur noch darauf an, sich zu pflegen und schön zu sein. Allwöchentlich hielte die Stadt-Königin eine Schau ab und die Schönsten würden zur Miss Bienenstock gewählt und im Honig-TV gezeigt.

Das hörte sich alles sehr verlockend an. Und trotz der Warnung der älteren Arbeitsbienen machten sich einige Jungbienen mit auf den Weg ins vermeintliche Schlaraffenland.

Was sie dort aber wirklich erwartete, war kein Zuckerschlekken. Sie mussten sich tagein tagaus bereit halten, um den Drohnen Abwechslung zu verschaffen. Ganz besonders anstrengend war das Tanzen auf dem Unterleib. Für diese Bewegung ist eine Biene biologisch nämlich nicht eingerichtet. Alle Bienen, die mit der Zeit ein wenig zulegten, wurden wieder zur Honigbeschaffung eingesetzt und hatten es natürlich schwer, mit den städtischen Bedingungen klar zu kommen. Außerdem war die Entlohnung ausgesprochen mies. Man hörte hinter dem vorgehaltenen Fühler, dass sich einige der Geprellten zusammenschließen wollten, um gegen diese Behandlung zu protestieren. Andere hatten einen Ausreißversuch unternommen, waren aber wieder eingefangen worden. Dritte forderten die Möglichkeit ein, die abgebrochene Ausbildung an einer Bienen-Abendschule nachholen zu können. Die Königin und ihr Hofstaat hatten sich angeblich gekringelt vor Vergnügen, als sie von dieser Aufsässigkeit erfuhren. Sie erhöhten die Norm zur Honigbeschaffung, nach dem Motto: Wer abends totmüde in die Wabe fällt, hat keine Zeit für dumme Gedanken.

Die unter falschen Versprechungen in die Stadt gelockten Jungbienen ärgerten sich mit der Zeit gelb und grün darüber, dass sie auf die von den Drohnen ausgelegte Leimrute gekrochen waren. Und stellten fest, dass ihnen ein wenig mehr Schulwissen und Lebenserfahrung wohl doch nützlicher gewesen wären.

Im Honig-TV wurde darüber natürlich nicht berichtet. Und so hatten die Drohnen, die auch im nächsten Frühjahr wieder über das Land flogen, um den Nachwuchs zu überreden, leichtes Spiel.

Merke: Eine Wespentaille ist sicherlich eine hübsche Zugabe der Natur. Doof filmt zwar gut, aber ein wenig Grips ist allemal erstrebenswerter als ein knackiger Po.

INHALTSVERZEICHNIS